Luise Bergengruen

Jahrgang 24, weiblich

Luise Bergengruen

Jahrgang 24, weiblich

Kein Roman

PLÖGER

Bibliografische Information der Deutschen Bibliothek:

Die Deutsche Bibliothek verzeichnet diese Publikation in der Deutschen Nationalbibliografie; detaillierte bibliografische Daten sind im Internet über http://dnb.ddb.de abrufbar.

Besuchen Sie uns im Internet:

www.ploeger-medien.de / www.werner-bergengruen.de

ISBN 978-3-89857-245-3

Gesamtherstellung: Plöger Medien GmbH

INHALT

Ausgegrenzte Existenzen finden sich in vielen erzählenden Texten, und es ist spannend zu lesen, ob sie scheitern oder aber einen bürgerlichen Umschwung erfahren.
Autobiographien zeigen den Protagonisten entweder poetisch verkleidet oder aber in dokumentierender Dürre. Das Problem des jüdischen Mischlings im NS-Staat Deutschland gleicht biographisch der Existenz des schattenlosen Peter Schlemihl Chamissos, der seine Daseinsberechtigung der Umwelt nicht beweisen konnte.
Ob Zugehörigkeiten schließlich doch erworben oder aber schicksalhaft verweigert werden können, ist die Frage des vorliegenden Textes: Kein Roman.

Luise Bergengruen

BERLIN, ACH BERLIN !

Ganz tief fühle ich mich noch mit dir verbunden, nicht nur mit Sumpf und Sand und den Kiefernwäldern; mit meinen Anfängen: der Kindheit in der Zehlendorfer Siedlung Onkel Toms Hütte, mit den Wohnorten meiner mütterlichen Vorfahren in der Spandauer Straße, dem Gendarmenmarkt und der Jägerstraße und mit der Leipzigerstraße Nummer drei, wo die musikalischen Mendelssohns wohnten. Urvater Moses hatte von den Seinen gefordert, das Gute zu wollen, das Beste zu tun. Das wollte ich.

Am Himmelfahrtstage 1924 wurde ich in der Charlottenburger Kirche evangelisch getauft und muss mich zur Wehr gesetzt haben. Denn anderntags spazierte meine Mutter Charlotte mit dem hochrädrigen Kinderwagen durch die Eschenallee und wurde prompt von einer Frau angehalten: „Sin Sie de Mutta, wo det Kind bei die Taufe so jebrüllt hat?“

Schon bei der Anmeldung „eines Geburtsfalles am 9. März“ hatte es Auffälliges gegeben. Vater Werner Bergengruen, unbemittelter Schriftsteller aus dem fernen Baltikum, war selbst im Besitz zweier verschiedenen Geburtsdaten. Er war in Riga russischer Untertan gewesen, wo man nach dem Julianischen Sonnenkalender rechnete. In Deutschland aber galt seit dem frühen Mittelalter der gregorianische, zehn Tage Unterschied, für ordnungsliebende Schalterbeamte unbegreiflich. Der Preuße wurde misstrauisch: „Wann is det Kind jeborn? Sie wissen ja nich mal jenau, wann Sie selbst jeboren sind!“

Ich war das zweite Kind des jungen Ehepaares, das Brüderchen Olaf war früh gestorben. Das hatte vor allem den Vater geschmerzt, denn die „Stammhalter“ und Namensträger waren begehrter, während Töchter den Familiennamen bei der Heirat verloren. Als dann 1930 der Stammhalter Alexander Bergengruen geboren wurde – 1928 war es wieder eine Tochter gewesen – bekam Mutter Charlotte nach der Hausgeburt sogar ein Frühstücksei, während der begeisterte Vater im Garten ein Apfelbäumchen pflanzte.

In den frühen zwanziger Jahren war das Wohnen in Berlin teuer, man wohnte möbliert zur Miete und brach immer wieder auf, um bei Freunden oder Verwandten längere Zeit Wohnung zu nehmen. Mit zwei Koffern, das Baby im Gepäcknetz, fuhr man mit der Eisenbahn von Berlin nach Danzig, in den Odenwald oder nach Weißenstein im Bayerischen Wald, wo baltische Freunde hausten. Werner Bergengruen war ohne festen Beruf, er hielt sich mit der Übersetzung russischer Klassiker über Wasser und schrieb insgeheim romantische Erzählungen, das konnte er überall tun.

Erst 1927 wurde man sesshaft. In Berlin-Zehlendorf war Bruno Tauts hochmoderne Siedlung „Onkel Toms Hütte" entstanden. Reihenhäuser mit Flachdach. Neue Sachlichkeit verkündeten sie, das rief die Kritik der konservativen Architekten hervor, die sich beeilten, in der Nachbarschaft Häuser mit schrägem Satteldach zu errichten. Bruno Taut (1880-1938) war Jude und konterte, spitze Dächer seien sinnlose Dekoration, wenn sich darunter kein Speicher befinde. Er begann 1926 trotz aller Anfeindungen mit dem Bau von 610 Einfamilien-Reihenhäusern, bunt angemalt, denn er hielt die Farbe für „das billigste Gestaltungsmittel". Und

Berlin-Zehlendorf, Riemeisterstrasse 107

schließlich entlarvte man den „Zehlendorfer-Dächerkrieg“ als Politikum: Flachdach sei orientalisch-kommunistisch, das spitze aber deutschnational. Taut musste später emigrieren und hat in USA ähnlich weitergebaut. Im Stadtkern von Berlin und im alten Zehlendorf mit den herrschaftlichen Gründerzeit-Häusern sah man die Tautschen Bauten mit Missvergnügen.

Aber die jungen Bergengruens waren begeistert vom ersten eigenen Haus. Charlottes Vater, der Mathematiker Kurt Hensel, Enkel der musikalischen Fanny Mendelssohn-Bartholdy, konnte damals noch 4.000,-- Goldmark zuschießen, den Kaufpreis für ein zweistöckiges Häuschen mit winzigem Garten, Riemeisterstraße 107.

Ich ging in den Kindergarten und war noch Alleinherrscherin im Kinderzimmer. Vater Bergengruen schrieb an einem Kinderbuch: „Zwieselchen“ hieß der kleine Held, war aber eigentlich die kleine Tochter. Es wurde ein Bestseller. Dietmar Grieser hat später in seinem Buch „Die kleinen Helden“ darüber berichtet:

> *Der Dichter selbst erklärte die Sache so – gleich im Anfangskapitel des Buches:*
> *„Natürlich hieß das Zwieselchen in Wirklichkeit gar nicht Zwieselchen, sondern ganz anders. Aber wer von euch Bubi oder Pumpel oder Muckchen oder Mieze oder Pudelchen genannt wird, der heißt ja in Wirklichkeit auch nicht so. Und zum Zwieselchen sagten eben alle Menschen Zwieselchen, der Vater und die Mutter und die Else und die Kinder im Kindergarten und auch die gute Tante Montessori – so hieß nämlich die Kindergartentante. Und weil die alle Zwieselchen zu ihm sagten, so wollen wir es auch tun.“*
> *Dies also war „Zwieselchens“ Heimat: das Vorgärtchen, ein Handtuch breit, dann die winzige Garderobe, die nur für eine einzige Person Platz bot, die paar Zimmerchen unten und oben, dahinter nochmals ein Handtuch breit Gärtchen. Und links und rechts das gleiche – man wohnte dicht an dicht. Den beginnenden NS-Terror nahm die unternehmungslustige ABC-Schützin (die an den singenden vorbeimarschierenden*

SA-Trupps so großen Gefallen fand, dass sie die väterlichen Verbote, sich ihnen anzuschließen, nur als lächerlich antiquiert abtun konnte) erst wahr, als es von einem Tag auf den anderen mit den heißgeliebten Siedlungsfesten ein Ende hatte: 1934. Sämtliche Kinder in den Farben Rot und Weiß geschmückt – damit also war's nun vorbei. Stattdessen schwenkten sie auf einmal alle Hakenkreuzfähnchen.

Aus: Dietmar Grieser,
Die kleinen Helden, München 1987

Guten Tag, meine liebe Frau Känguruh!
Ihnen lassen die Kinder wohl keine Ruh?
Sie krabbeln und hüpfen, sie zerren und drängeln,
sie kreischen und zupfen und quarren und quängeln,
sie singen und schreien, sie lachen und schwätzen,
und lassen mich kaum meine Brille aufsetzen!

Das vierjährige Zwieselchen hätte lieber einen handfesten Vater gehabt, einen Feuerwehrmann oder Lokomotivführer, aber es tröstete sich, lebte es doch in einer wunderbaren Welt. Ausgeschnittene Zeitungsillustrationen malte der Vater bunt an, klebte sie in ein Buch mit Blancoblättern und kritzelte die schönsten Verse dazu – fertig war das Kinderbuch!

Das Zwieselchen und sein Autor

Lesen und reimen konnte ich schon früh, an der Hand der Mutter stiefelte ich bei Stadtvisiten in Berlin über die grünweiß verblendeten zahllosen schwarz beschrifteten Stufen zum Bahnhof Zoo empor, hatte die Reklamereime schon im Ohr und entzifferte die Buchstaben entzückt:

So wichtig wie die Braut zur Trauung
ist Bullrich-Salz für die Verdauung.

Verlierst du deinen treubesorgten Gatten,
lass ihn durch Grieneisen bestatten.

Wo ißt man gut, wo trinkt man gut?
Nach Kinoschluss im Weinhaus Huth!

Im Familienkreis zitierte man noch weitere Verse:

Die Witwe schließt den Sarg und kichert:
Der Gute war Allianz versichert.

Der Tote in der Eigerwand
hält Steinmetzbrot still in der Hand.

Meine Frau, die isst gern Sülze,
wenn sie keine hat und keine kriegt, dann brüllt se.
Herr Kaufmann, ja ich bitte sehr,
geben Sie mir schnell Opekta her!

Damals reimte sich Reklame noch, und es war eine literarische Sensation, als die Schriftstellerin Elisabeth Langgässer in Berlin für 4711 aus Köln in Prosa warb: „Der Duft nach Sauberkeit und Frische." Da sie als Jüdin ihre Bücher nicht mehr unter ihrem Namen veröffentlichen durfte, verfiel sie auf Werbesprüche, die prompt ins Schwarze trafen.

Schriftstellerkollegen gab es damals in Berlin haufenweise. In der Riemeisterstraße, ein paar Häuser weiter, lebten Oda Schaefer und Horst Lange, ebenfalls schreibendes Volk wie Peter Huchel in Michendorf, dessen erste Tochter Susanne Patenkind meiner Mutter wurde. Ihre Mutter

Dora hatte die Schwangerschaft zunächst als Blasenkatarrh angesehen und sie konnte sehr wütend werden, wenn jemand das anzweifelte. Peter Huchel glich einem Zigeuner, man sagte mir, er sei der Wendenkönig. Die Taufe muss ein wildes Fest gewesen sein, das „Muckelchen“ brüllte, die Freunde lärmten und der junge Vater wurde zornig. Damals war auch Günter Eich dabei, den ich viel später erst als „Kahlschlag-Autor“ bei einer Lesung in Ulm kennenlernte.

Manchmal erschien bei uns in der Riemeisterstaße auch VAUO, der Verleger Victor Otto Stomps, Inhaber der „Rabenpresse“, die er 1925 gegründet hatte. Geld hatte er wie jedermann keins, und so setzte er die Bücher selbst auf einer eigenen kleinen Handpresse. Junge Dichter wollte er zu Wort kommen lassen, und Werner Bergengruen war dabei und konnte von 1932-1938 Gedichte und Novellen in der Rabenpresse publizieren. Bergengruens frühe Gedichte aus den dreissiger Jahren hat VAUO gefördert, und er erkannte wohl, dass sie zum Besten zählen, was damals aus der Feder des noch unbekannten Schriftstellers entstand.
Die „Rabenpresse“ musste bald darauf aufgegeben werden, sie wurde verkauft, aber Stomps machte wieder einen Verlag auf, wo er Dichterlesungen veranstaltete. WB, wie er genannt wurde, war oft dabei, publikumswirksam und damals noch nicht abgestempelt als „christlicher Dichter“ oder „innerer Emigrant“. An die freundschaftlihe Zeit der Zehlendorfer Nachbarschaft erinnert sich Oda Schaefer:

> *Bergengruen, von dem wir wenige Häuser entfernt in Zehlendorf wohnten, wurde uns zum Freunde, wir nannten uns„Herr Nachbar“ und „Frau Nachbarin“, fast täglich erschien er vormittags gegen elf Uhr bei uns – wir waren gerade aufgestanden, da wir nachts zu schreiben pflegten. Er bat dann höflich um ein rohes Ei, denn er war magenkrank. In der ersten Zeit in Zehlendorf hatten wir einen uns sehr bedrückenden Zyklus erfunden, am Montag liehen wir von Bergengruen fünf Mark, die wir am nächsten Montag wieder zurückgaben, doch schon kurz darauf mussten wir wieder darum bitten.*
> *Gern gingen wir mit Bergengruen auf den Wochenmarkt, um einzukaufen, der hagere Balte, der aufs Haar seinem „Rittmeister“ glich, wanderte begeistert mit uns durch die Reihen und*

Stände. Die frischen grünen Gemüse, die rot leuchtenden Würste regten unseren Appetit mächtig an, wir schwelgten, obwohl wir drei kein schweres Essen vertrugen, in pantagruelischen Vorstellungen. Plötzlich blieb er vor einem Wurststand stehen, der Blutwurstfülle auf einem Kuchenblech darbot. Er kaufte die Fülle des halben Blechs, und wir eilten rasch zu seinem Einfamilienhaus, um sie im Backrohr aufzuwärmen und Schnaps dazu zu trinken. Er hatte den Schnaps selbst mit Pfeffer angesetzt und, wie die Ameisen ihre weißen Puppen, immer von einem Sonnenfleck am Fenster zum anderen getragen, da er nur im Licht seine Essenzen ausziehen konnte. Frau Lotte war entsetzt: sie erwartete Mittagsgäste und wollte einen Braten ins Rohr schieben, doch da sie trotz unserer Bohème-Einfälle ihren Humor nicht verlor, ließ sie uns gewähren. Der selbstgebraute Schnaps besaß seine Tücken, er war hochprozentig wie Wodka, und wir erlebten es einmal, wie unser baumlanger Zehlendorfer Buchhändler in befremdliches Schweigen versank und dann wie gefällt von Stuhl fiel. Bergengruen behauptete noch nach Jahrzehnten starrköpfig, dass wir den total gehunfähigen Horst die hundert Meter zu unserer Wohnung gemeinsam getragen hätten, er an den Schultern, ich an den Füßen. Ich kann mich nicht mehr daran erinnern, wohl aber an ähnliche Situationen. Gemeinsam haben wir so manchen Schnaps getrunken, und so konnte es nach ungefähr fünfundzwanzig Jahren passieren, dass er mir bei einer Sitzung der Darmstädter Akademie durch den ganzen Raum zurief: „Oda, wo warst du gestern Abend? Ich habe dich in allen Kneipen gesucht!“

Aus: Oda Schaefer,
Auch wenn Du träumst, gehen die Uhren. München 1970

Wunderlich erschien mir dieser Vater, er saß in seinem Schreib- und Schlafzimmer tagaus, tagein und durfte nicht gestört werden. „Dein Vater ist ein Nacktfrosch“, stellte die Nachbarin fest, als er wiedermal bei Schneetreiben ohne Schirm und Mantel über die Straße eilte.
„Und denn brennt ooch immer die janze Nacht Licht int Herrenzimmer!“
Ich hütete mich zu sagen, dass wir gar kein Herrenzimmer hatten. Merken musste sie sowieso, dass wir Nichtangepasste waren, nicht eingeordnet,

Familie Bergengruen 1934

und der Vater ohne Stammtisch und Verein, und nicht mal krankenversichert. Sportlich war er auch nicht, und als die braunen Sechserreihen zackig singend über die Straßen zogen, war er zu meinem Kummer nicht dabei. Sein Zimmer war vollgestopft mit Büchern und Raritäten, da thronte er, Gottvater auf dem Olymp, und schien mir unermesslich reich. Immer wieder kam der Wandertrieb über den Unbehausten, er war ein moderner Nomade – später münzte er den Wanderer gerne in den Pilger um und brach plötzlich auf, zu Rad, zu Fuß, mit der Bahn. Reisen war die ihm bekömmlichste Daseinsform, aber er reiste allein, nicht im Familienverband, nicht in Urlaub oder Ferien. Diese Sonderkur stand ihm allein zu, er schrieb in den dreißiger Jahren zahlreiche Reisebücher, die Geld einbrachten.

War sein Übertritt zur katholischen Kirche 1935 eine romantische Konversion? Hier wollte der baltische Emigrant Bürger sein und dazugehören. Die Kirche hat ihm das Heimatrecht bereitwillig gewährt, Frau und Kinder mussten selbstverständlich mithalten. Seine „heile Welt" hatte aber mit bürgerlicher Beschaulichkeit wenig zu tun, sie lag im Bereich der Sprache und der Bilder, im Vertrauen in Ordnung und Dauer.

1933 zogen die braunen Kolonnen im Marschtritt durch die Straßen. Für Mutter Charlotte wurde es nun bedrohlich, den Ariernachweis konnte sie nicht vollständig erbringen, und in der Nachbarschaft lärmten die Frauen begeistert, zeigten ihre Mutterkreuze, die man ab dem vierten Kind erhielt und machten sich in der „Frauenschaft“ wichtig. Aber Charlotte war couragiert, sie wollte 1934 „den Führer“ in Augenschein nehmen. Am 1. Mai sollte im Berliner Lustgarten eine Großkundgebung stattfinden, und so stieg sie mit mir, der zehnjährigen, beherzt in die U-Bahn. Onkel Toms Hütte, Oskar-Helene-Heim, Thielplatz, Dahlem Dorf ...
Am Lustgarten warteten Tausende auf „Ihn“, Marschmusik, Fahnen, Sonnenschein, brausender Jubel, als er ans Podium trat. „Heil, Heil, Heil!“ wie hätte ich da nicht mitjubeln sollen? Ich begriff meine Mutter nicht, die stumm dabeistand.
Eine große Fremdheit trat zwischen uns, die ich erst viel, viel später verstanden habe.

Charlotte und WB in der Siedlung Onkel Toms Hütte (Doppelbelichtung)

Bis zum Ausbruch der braunen Ära waren wir aber eine glückliche Familie, in der wir drei Kinder trotz aller Sparsamkeit nichts entbehrten. Ich erinnere mich an einen Weihnachtsabend in der Riemeisterstraße: Mein Vater war ja im alten Baltikum in großzügigen Verhältnissen aufgewachsen. In den dortigen Gutshäusern lebte man bis zum Ersten Weltkrieg noch sehr behaglich, in der Küche musste die tägliche Bouillon stark sein wie Mokka und der Schmand floss in Strömen. Die Sakuska, der Zubiss zum Schnaps, auf langer Tafel festlich arrangiert, umfasste kleine Köstlichkeiten vom Rigaer Dünalachs, vom Wild, bis hin zu Piroggen und Schmandbonbons. Am Heiligen Abend bewirtete man nicht nur die eigene große Familie, sondern auch die Dienstboten und beschenkte sie reichlich.
Als aber zu Beginn des 20. Jahrhunderts die Emigration der deutschen Balten „ins Reich“ einsetzte, fand man sich plötzlich den ärmlichen deutschen Verhältnissen ausgesetzt und erinnerte sich nur wehmütig an solche weihnachtlichen Traditionen. Auch unsere fünfköpfige Familie war ans Sparen gewöhnt, außerdem fehlte nun die große Zahl der baltischen Verwandten. Aber meine reichsdeutsche Mutter versuchte liebevoll das Fehlende zu überbrücken. Sie hatte alle herkömmlichen baltischen Rezepte aufgeschrieben und verstand sich auf die Süßspeise Schmalunz, auf Kommorgenwieder, auf Flickerklops, auf den weihnachtlichen Heringssalat, auf das Einkochen von Kissell und auf das Backen der Safrankringel wie der kurischen Speckkuchen. „Allen Balten zum Trotz sich erhalten“, war ihre Devise, denn der kärgliche Zuschnitt unseres Hauswesens erlaubte in den Zwanziger- und Dreißigerjahren keine großen Sprünge.
Aber am Hl. Abend sollte es sein wie früher, und so fanden wir uns in dem winzigen Berliner Reihenhaus zum traditionellen Rassoll zusammen, und die warmen Speckkuchen mit Schnaps sollten folgen.
Da klingelte es und Bergengruen eilte zur Haustür: ein Penner stand draußen, den schob er begeistert in unser kleines Esszimmer, „ein richtiger Weihnachtsgast!“ rief er uns zu. Der verdatterte Mann trug ein Netzhemd, Hosenträger und eine speckige, viel zu kurze Hose, seine Wolljacke hatte Löcher. „Nehmen Sie Platz!“ rief der Hausherr, „essen und trinken Sie nach baltischer Art!“ Und schon saß der Bärtige zwischen uns Kindern. Mein Vater aber war nicht zu halten, sprang leichtfüßig über die hölzerne Treppe ins Obergeschoss und kam gleich darauf beglückt mit einem Armvoll bunter Krawatten wieder herunter. Indessen hatte der Penner ordentlich zugelangt, blickte aber nun doch etwas verlegen auf

die Schlipse, die unser Vater zur Wahl vor ihm ausbreitete: „Und nun suchen Sie sich die schönste Krawatte aus!"
Der Bettler griff sich verlegen an den nackten Hals. „Juter Herr", sagte er mit belegter Stimmer, „jutet Jeld wäre ma lieba!" Na, er bekam es, ein Fünfmarkstück, damals in Silber, stand rasch auf und verbeugte sich: „Und nu ab in de Destille!" Da konnte Bergengruen ihm nur „na, denn man Prost!" nachrufen. Er hatte wohl blitzschnell gemerkt, dass „im Reich" eben andere Verhältnisse herrschten.

Seltsam schien es mir zwar schon 1934, dass die Eltern mich in eine ganz fremde Schule schickten, statt mich nach der Grundschulzeit im gewohnten Klassenverband zu belassen. Ich war gern in unsere Zinnowwaldschule in Onkel Toms Hütte gegangen und wurde nun in die Sexta des Gertrauden-Lyzeums in Dahlem geschickt, wo ich niemand kannte und einen weiten Schulweg hatte.
Ich kam in eine merkwürdige Klasse:
Da war auf der „braunen" Seite die Tochter der Reichsfrauenschaftsführerin Scholz-Klink. Isolde hieß die Schulkameradin, trug stets das sogenannte „Berchtesgadener-Jäckchen" in schwarz-rot-grün als Zeichen ihrer Zugehörigkeit und hatte ihre dicken Zöpfe rund um den Kopf gelegt. Ich bewunderte sie, denn sie war „Eidetikerin", und hatte als solche die seltene Gabe, einmal Gesehenes oder Gelesenes ohne jede Mühe sich bildlich einprägen und dann wiedergeben zu können, eine wunderbare Mitgift für den Geschichtsunterricht oder die französische Grammatik!
Ihr politischer Gegenpol war die Generalstochter Hildur von Hammerstein, deren Vater gerade demissioniert hatte, da er mit Hitler nicht einverstanden war. Mit seiner jüngsten Tochter bin ich heute noch befreundet. Sie war ehrlicher als manche andere aus der Klasse und imponierte mir, wenn sie zackig, im Generalsschritt, wie ich dachte, über die Straße marschierte.
Später begriff ich, ohne dass je mit den Eltern darüber gesprochen wurde, dass meine Entfernung aus der vertrauten Grundschule, wo man uns kannte, in unserem fehlenden Ariernachweis begründet war, so dass ich schleunigst ausgegrenzt werden musste.

NACH MÜNCHEN

„Mein Kind, du bist nicht hübsch, du musst tüchtig werden!“ Meine jüdische Großmutter hatte mir das schon früh gesagt, und ich glaubte ihr.

Eigentlich merkte ich erst später, dass ich keine guten Karten hatte. Und tüchtig werden, das wollte ich.
Bisher war alles gut gelaufen: ich lebte mit Eltern und zwei Geschwistern in der Stadt, wo ich geboren war, in Berlin. Ich liebte unseren Vorort Zehlendorf, das Reihenhaus, die guten Nachbarn, unseren evangelischen Pfarrer und die Gruppenstunden bei ihm mit den Freundinnen.

Aber vom 24. März 1936 an wurde alles anders: zunächst war mir der Umzug nach München wie ein großes glückliches Abenteuer erschienen. Am Abend dieses Tages verließen wir drei Geschwister zusammen mit unserem Vater im Schlafwagen die heimatliche Stadt. Dass ich in der Aufregung mein Nachthemd im Oberbett der Kabine vergaß, wurde mir noch lange vorgehalten, wir waren sparsame Leute.

Bergengruens 1935 erschienener Roman „Der Großtyrann und das Gericht“, der bald vom Publikum als politischer Schlüsselroman gelesen wurde, hatte endlich etwas Geld in die Kasse gebracht und ein Umzug konnte riskiert werden.
Unser neues Haus in Solln, damals noch ein Dorf vor den Toren der Stadt, hatten die Eltern von der Witwe eines Farbenhändlers für 30.000,- Reichsmark gekauft, die Familie meiner Mutter hatte wieder Geld zuschießen müssen. Königsgelb gestrichen war es und stand mitten in einem fast quadratischen Garten zur Bahnseite hin, nahe dem hölzernen Sollner Bahnhof: Hirschenstraße 36.
Der grauhaarige Bahnhofsvorstand hielt Kaninchen, trug Ohrringe und kannte jedes Schulkind, das nach München fuhr. Hatte der Dampfzug in Großhesselohe abgeläutet, waren nur noch wenige Minuten Zeit, dann jagte man in großen Sprüngen über den kleinen Weg neben der Bahn die hölzerne Treppe hinunter durch die Unterführung zum Bahnsteig und sprang auf den eingefahrenen Zug auf.

An diesem ersten Morgen aber ging es gemächlicher zu, denn mein Vater begleitete mich in die neue Schule. Er saß schweigend neben mir im Zug auf der harten Holzbank, den Stock mit dem Silberknauf zwischen den Knien, den Kopf gesenkt. Er sprach kein Wort, und ich wunderte mich. Mittersendling, Forstenriederstraße, Holzkirchner Bahnhof. Mit der weißblauen Trambahn ging es zum Sendlinger Torplatz, das „Stangerl" quietschte, dann zu Fuß in die Blumenstraße 26.

Vor dem Tor meiner neuen Schule, „das Anger" genannt, blieb der Vater stehen. Die braunen Holztüren waren schon weit geöffnet, und die Schülerinnen strömten hinein. „Was ich dir noch sagen wollte", ganz plötzlich kam es heraus, merkwürdig heiser, „deine Mutter und ich sind katholisch geworden, und dies ist eine katholische Schule – das Angerkloster. Ich hole dich mittags hier wieder ab."
Ich stand in tiefem Erschrecken. Da zog mich schon der Sog der Schülerinnen hinein und nach oben. Am Treppenabsatz stand schwarz eine Nonne, lächelte mir zu und hatte mich erwartet. In der Klasse wurde vor dem Beten das Kreuzzeichen gemacht, das hatte ich noch nie gesehen und konnte es auch nicht.
In der Pause hörte ich zum ersten Mal das Wort „Saupreiß!", das war so demütigend wie der ganze lange Vormittag. Von Preußen und seinen Königen hatte ich bisher nur Gutes gehört.
Mittags habe ich auf die Frage meines Vaters „Na, wie war's denn?" wahrscheinlich wenig gesagt. Mein Kummer über dies Unerhörte, Unvorhergesehene war grenzenlos, ich verstand weder die Eltern noch die neuen religiösen Praktiken, die zu bewältigen waren, und die bayerische Sprache war mir fremd. Ein tiefes Misstrauen trat zwischen die Eltern und mich, und es fiel kein klärendes Wort. Persönliche Gespräche oder gar Vorwürfe von meiner Seite waren undenkbar.

Vielleicht ahnte meine Mutter, was in mir vorging. Am nächsten Tag kaufte sie mir neue Schuhe, und ich suchte mir schwarze Haferlschuhe aus, die mir bayerisch zu sein schienen. An den grünen Schnürbändern hatten sie rote Lederherzen. Stolz trug ich die Schuhe am nächsten Schultag, aber schon in der Pause merkte ich, dass solche Anbiederung keine Hilfe bot: „Schau mal", sagte eine zur anderen, „die Berliner tragen die Herzen an den Füßen!" Das saß.

Ich war allein, und ich blieb es, ein ganzes langes Jahr. Der weite Schulweg war ein ebensolches Hindernis, Kontakte zu knüpfen mit den Mitschülerinnen aus der Stadt, wie meine Berliner Schnauze und die evangelische Religion, der ich mich noch lange trotzig zugehörig fühlte, bis ich, ein Jahr später, liebevoll vorbereitet durch den privaten Religionsunterricht einer Armen Schulschwester, zur Erstkommunion ging, fast dreizehn Jahre alt. Da hatte ich alle Rebellion aufgegeben und resignierte. Die ganze Klasse nahm an der kleinen Feier in der Hauskapelle des Angerklosters teil, und ich war froh, nun wenigstens Gleiche unter Gleichen zu sein. Ob der katholische Gott wohl ein anderer war wie der evangelische? Ich grübelte oft, kam aber zu dem Schluss, dass die Blickrichtung bei dieser Entfernung wohl verschieden war, Gott aber doch der Gleiche sein musste.
Bei solchen Grübeleien fiel mir regelmäßig der Ausspruch des Berliner Schusters ein, den ich einmal gehört hatte. Auf die Frage, ob er wohl an Gott und die ewige Seligkeit glaube, habe er geantwortet: „Ick globe nich an ihr. Denn wenn ick an ihr globe, und se kommt nich, denn bin ick traurich. Wenn ick an ihr globe, und se kommt, denn isset noch so. Wenn ick aber nich an ihr globe, und se kommt denn doch, denn freu ick mir!"
Ganz schlüssig war diese Erkenntnis für mich aber nicht.

Fast ein Jahr lang war das „Anger" an der Blumenstraße eine ungeliebte Schule für mich, zu tief saß der Schock, den mir mein Vater beim Eintritt versetzt hatte. Die Armen Schulschwestern in ihrer schwarzen Tracht mit den weiß gefütterten Hauben kamen mir vor wie milde blickende Pinguine. Ihr Unterricht basierte meist auf lächelnder Nachsicht, so, als seien sie schon bei den himmlischen Heerscharen. Darum lernte ich nur das Nötigste, obwohl der Unterricht gründlich war.
Ganz langsam begann ich als „Nun-auch-Katholikin" mich mit unserer Schule und dem angebotenen Lernstoff zu identifizieren und holte auf. Nur Mathematik war mir nahezu unverständlich, und meine Mutter, deren Vater bis 1935 angesehener Mathematiker an der Universität Marburg an der Lahn gewesen war – man hatte dem Halbjuden wegen des fehlenden Ariernachweises Professur und Gehalt gestrichen – versuchte, mehr oder minder geduldig, mir nachmittags einzuhämmern, was für sie doch so logisch war. Das waren schlimme Stunden für uns beide, hoff-

nungslos drifteten wir auseinander. Kritik an ihren Lehrmethoden durfte ich nicht üben. „Erziehung in aufsteigender Linie ist verboten", war ihre Maxime, und so fraß ich denn meinen Groll in mich hinein.

Die seltenen Lateinstunden beim Vater waren dagegen unterhaltsam. Er kannte die alte Geschichte und umrankte die lateinische Lektüre mit zahllosen Späßen und Anekdoten. Er jonglierte mit Worten, spielte mit Bedeutungen und bot mir die deutsche wie die lateinische Sprache als eine portable Heimat an, wie sie es ihm, dem baltischen Emigranten in Deutschland, seit langem geworden war. Das verband uns, ohne dass es ausgesprochen wurde.

In der Schule forderten die Schwestern den „Dienst am Reiche Gottes wie am Mitmenschen" als oberstes Gebot. Ihr Orden war schon vor hundert Jahren gegründet worden, 1843 hatte er das ehemalige Klarissinnenkloster in München bezogen. Zukurzgekommene sollten hier unterrichtet werden, dazu gehörten auch die Mädchen, denen damals keinerlei Bildungschancen offenstanden.
Das Schulhaus, das ich 1936 betrat, war schon während des Ersten Weltkrieges gebaut worden, „Gott zur Ehre, der Jugend zum Heil, unserer lieben Stadt zur Zierde." Durch ganzheitliche Erziehung sollte den Schülerinnen ein Fundament gegeben werden, das richtungweisend war für ihre Berufung als Frau, Gattin und Mutter. Von 1924 an war die Schule am Anger dann „Mädchenlyzeum und Humanistisches Gymnasium" und erfreute sich großen Zulaufs.
Zehn Jahre später begannen sich die ersten Schwierigkeiten mit der nationalsozialistischen Regierung abzuzeichnen. Im Rahmen der damaligen „Gleichschaltungsmaßnahmen" wurden kirchliche Institutionen entmachtet und aufgelöst, die religiöse Erziehung wurde sukzessive abgebaut und schließlich ganz unterbunden.
Das christliche Erziehungsziel, auf Individualität durch Ausbildung der Persönlichkeit nach den Regeln des Christentums ausgerichtet, stand den typisierenden nationalsozialistischen Vorstellungen strikt entgegen. Hitler forderte die Gleichheit aller im gemeinsamen Dienst am totalitären Staat. Tagtäglich hörten wir seinen Slogan „Gemeinnutz geht vor Eigennutz", ohne ihn jedoch ganz zu verstehen.

Lachen mussten wir aber über den uns ebenfalls immer wieder eingebläuten Vers:

Arme strecken, Fähnchen schwenken –
immer an den Führer denken!

der jeden eigenen Gedanken ausblendete und ein blindes „Führer befiehl, wir folgen dir!" einschloss. Nein, wir wollten sehen, erfahren, bewusst persönlich leben und arbeiten.

Schon im April 1934 waren klösterliche Volksschullehrerinnen gänzlich aus den Schulen entfernt worden, neun Monate nachdem zwischen dem Heiligen Stuhl und dem Deutschen Reich die Rechte der Kirche im „Reichskonkordat" festgeschrieben worden waren. Für die klösterlichen Schulen hatte der Passus des Art. 23 gegolten: „Die Beibehaltung und Neueinrichtung katholischer Bekenntnisschulen bleibt gewährleistet."

Zunächst hatten die Behörden gesundheitliche Gefahren, angeblich durch TBC im Internat des Angers, vorgeschoben, um eingreifen zu können, dann aber folgten Hausdurchsuchungen, Verhaftung der Generaloberin, Verbot des Kongregations-Wimpels am Altar und ähnliche Schikanen.

Kurz nach meinem Eintritt in die Schule 1936 wurde den Armen Schulschwestern das Unterrichtsrecht mehr und mehr entzogen. Die Eltern protestierten, sammelten Unterschriften, in den Kirchen wurden Hirtenbriefe des Kardinals verlesen, die deutlich waren. Nichts half.

Vom 9. September 1937 an war es Beamten strikt verboten, ihre Kinder in klösterliche Schulen zu schicken. Und kurz vor dem Jahreswechsel 1937/38 ging der Generaloberin ein amtliches Schreiben des bayerischen Staatsrats Dr. Boepple zu:

„Für die dortige Anstalt kann kein Bedürfnis anerkannt werden. Sie ist daher zu schließen ..." Am 26. Januar 1938 konterte die Adressatin mutig mit dem Hinweis, „dass von den zuständigen kirchlichen Stellen Ausgleichsverhandlungen aufgrund des Konkordates beantragt sind ..."

Zwei Monate später teilte das Bayerische Staatsministerium der Leitung des Angergymnasiums mit, „dass die Anstalt der Armen Schulschwestern in München möglichst bald von der Stadt übernommen werde."

Die Vorlage des arischen Nachweises war inzwischen für alle Lehrkräfte Pflicht geworden.

(Alle Zitate aus dem Archiv der Armen Schulschwestern)

Für viele Elternhäuser gab es bange Monate. Im Anger waren die Kinder sicher gewesen, was würde nun werden? Auch meine um vier Jahre jüngere Schwester sollte Ostern 1938 hier eingeschult werden, würde die Zeit noch reichen? Mischlinge ersten und zweiten Grades, also Halbjuden und Vierteljuden konnten in Staatsschulen nicht aufgenommen werden. Gottlob kam die lange befürchtete Mitteilung des „Völkischen Beobachters“ und des Münchner Tageblattes erst am 20. März 1939: „Im Schulhaus an der Blumenstraße 26 (Angerkloster) wird das bisher von den Armen Schulschwestern betriebene Mädchenlyzeum mit Mädchenoberschule von der Stadt weitergeführt...“

Am 1. Dezember 1939 war es so weit: Mit der Stadt München musste ein Mietvertrag geschlossen werden, in welchem den Ordensleuten das Betreten der Schule untersagt und jeder Verkehr mit den Schülerinnen verboten wurde. Lediglich die wirtschaftliche Betreuung des Internates blieb ihnen. Einige der Schwestern gingen damals ins Ausland, andere tauchten in klösterlichen Einrichtungen in Deutschland unter oder arbeiteten während des ganzen Krieges in Lazaretten.

MISCHLINGSKINDER

Wir Schülerinnen waren empört und verängstigt. Was würde aus uns werden? Neue staatliche Lehrkräfte kamen, die alten „weltlichen" durften bleiben. Der arische Nachweis war von jeder Schülerin zu Beginn des Schuljahres zu erbringen. Wir Mischlinge wiesen dann auf die Leerstellen im Ahnenpass hin. Nach den Nürnberger Gesetzen durften die an der Schule bleiben, die nur einen jüdischen Grosselternteil hatten. Bei uns waren es zwei, aber nichts geschah, und wir konnten ein Jahr lang aufatmen. Samstags, wenn die Hitlerjugend auf Fahrt ging oder Sport hatte, erhielten wir „staatspolitischen Unterricht". Viel wurde jedoch nicht daraus, wir lasen Reden des Reichsjugendführers Baldur von Schirach, Walter Flex' „Wanderer zwischen beiden Welten" aus dem Ersten Weltkrieg oder Gedichte von Hermann Löns, der aber, wie sich später herausstellte, auch eine nichtarische Großmutter hatte. Das belustigte uns. Der klaglose Abgang unserer klösterlichen Lehrerinnen, ihr Sichfügen in das Unabänderliche hinterließ einen tiefen, nachhaltigen Eindruck bei mir, sie wurden mir Vorbild. In den vergangenen drei Angerjahren hatte ich mich allmählich zugehörig gefühlt, hatte Freundinnen und Gleichgesinnte gefunden. Da nach dem „Einjährigen", der Mittelstufenprüfung, neue Mitschülerinnen auftauchten, weltlicher erzogen als wir es waren, gehörte ich nun schon zur alten Garde, und das half mir darüber hinweg, dass mir meine Lehrer nicht alle wohlgesonnen waren. Die politischen Verhältnisse spitzten sich jetzt immer mehr zu – der Krieg stand schon deutlich am Horizont.

Kurze Zeit vorher hatten mich zwei Mitschülerinnen fast geheimnisvoll gefragt, ob ich nicht Lust hätte, mit ihnen in eine katholische Gruppenstunde zu gehen? Da sei es mindestens ebenso „pfundig" wie beim BDM, es gebe Fahrten, Wimpel, Singen und jede Woche einen Heimabend. Und ob ich wollte! Ich war sehr glücklich über dies Anerbieten.

Die Politisierung unseres Schulunterrichts hielt sich auch unter der neuen staatlichen Herrschaft in Grenzen. Dass ich keine Uniform trug und keiner Organisation angehörte, wurde zwar deutlich vermerkt, aber man ließ mich in Frieden. So lebte ich in einer Welt außerhalb der Öffentlich-

keit, auch wenn ich im Auftrag der Schule an den großen politischen Zurschaustellungen in München und an den verordneten Kriegsdiensten wie Kartoffelklauben in Schrobenhausen und Hopfenzupfen in Wolnzach teilnehmen musste. Die uns von den Armen Schulschwestern beispielhaft vorgelebte Dienstbereitschaft, das sich Aufopfern für andere unter Hintanstellung der eigenen Person akzeptierte ich nur bedingt. Schon damals begann sich für unsere Generation eine Möglichkeit der „Selbstverwirklichung" abzuzeichnen, für die wir freilich andere Namen hatten wie „Ausbildung der Persönlichkeit" oder „Selbstfindung". Damit standen wir zur geforderten „Gleichschaltung", die der Staat uns diktierte, in absolutem Widerspruch.
Im Februar 1942 konnte unsere Klasse unter nahezu normalen Bedingungen das Abitur machen. Einzig in Französisch versagte ich. Laut und deutlich diktierte die Lehrerin: „Le fureur avec son D'eaujone". Wir konnten nicht ahnen, dass sich Hitler bis ins französische Diktat verirren würde. „Le Führer avec son dos jaune", sollte es heißen, er war hier wohl in Rückenansicht in seiner gelbbraunen Uniform zu sehen gewesen.

HELIAND

Die Eltern gaben mir die Erlaubnis, an einem regnerischen Donnerstagabend im Herbst 1938 am Gruppenabend des „Heliandbundes“ teilzunehmen. Sieben Mädel trafen sich in einer Wohnung nahe der Lindwurmstraße bei der Sendlinger Kirche. Bei Kerzenschimmer wurde Rilkes „Cornet“ vorgelesen: „Der von Langenau schreibt einen Brief... ‘Meine gute Mutter, seid stolz: Ich trage die Fahne’ ....“ das traf uns. Ich erfuhr, dass der Heliandbund der Mädchen von Staats wegen zwar nicht direkt verboten sei wie die „Neudeutschen“, die katholische Vereinigung der Jungen, jedoch habe auch der Heliandbund große Schwierigkeiten.
Dass die katholische Jugendbewegung in Protest zur Gesellschaft und vor allem zum NS-Staat stand, die Autorität der Kirche aber anerkannte, hatte ich schon gehört, dass hier aber uns Jungen wirklich Eigenverantwortung zugebilligt wurde, begeisterte mich. Ich witterte Freiheit, vom Staat, vom Schulzwang, vom Elternhaus.
Nach und nach erfuhr ich Einzelheiten aus der Geschichte des „Bundes“: 1926 in München gegründet als Kreis katholischer Schülerinnen höherer Schulen, waren hier Einfachheit, Natürlichkeit und Wahrhaftigkeit gefragt, Eigenaktivität, Selbstverantwortung in christlicher Tradition. Ein neues Rollenbild der Mädchen und Frauen wurden gefordert, „Heim schaffen und Frieden stiften“, hieß die Devise. Eine „neue Lebensgestaltung in Christus“ war das Ziel. Aus der bündischen Jugendbewegung um die Jahrhundertwende waren sowohl „Neudeutschland“ als auch „Heliand“ hervorgegangen. Später trennten sich diese beiden Gruppen, und München wurde zum Mittelpunkt der Heliand-Bewegung.
Um 825 hatte ein unbekannter Dichter in seinem Epos „Heliand-Lied“ den Germanen die Christusfigur nahegebracht, die dem Bund den Namen gegeben hatte.
1927 übernahm ein Geistlicher die Führung, Studienrat Georg Kifinger aus Ramersdorf, ein unerschrockener, dynamischer Mann, der es aber den Mädchen überließ, selbst initiativ zu werden und den Zusammenschluss aller zu verwirklichen. 1931 erteilte Kardinal Faulhaber dem Heliand-Bund seine Genehmigung, und bald griff diese Bewegung von München aus auch auf weitere Teile Deutschland über.

Heliandgruppe 1934

Als der Nationalsozialismus zur Macht gekommen war, standen ihm die Angehörigen des Heliandbundes bald ablehnend gegenüber. War man zunächst gewillt gewesen, dem „deutschen Volk und Vaterland zu dienen", so stellte Georg Kifinger bereits im Sommer 1933 für den Katholiken die Forderung auf, gemäß dem Wort „kat'holou" (auf das Ganze gehend) alles zu umfassen, Menschen, „welcher Rasse und Kultur sie auch sein mögen", und er warnte vor jedem fanatischen Eifer. Der Heliandbund sah sich in der Kirche in weltweite Verbindungen gestellt, die eine Überbewertung nationaler Bezüge ausschlossen. Zudem berührte es die Mitglieder eigenartig, dass der Nationalsozialismus nun alle von der bündischen Jugend gefassten Gliederungsformen und -bezeichnungen übernahm und mit seinen neuen, befremdenden Inhalten belegte. Nun marschierten plötzlich die „Braunen" mit Wimpeln und Bannern in ihrer „Kluft" – allen anderen Jugendverbänden war das verboten. Abzeichen wurden beschlagnahmt, Bundestage mussten abgesagt werden. Aber man wusste sich zu helfen. Als „geistliche Exerzitien" getarnt, wurden sie in Klöstern abgehalten, wie es das Konkordat vom 20. Juli 1933 erlaubte. Als „kirchlicher Verein“ konnte der Heliand-Bund im Verborgenen weiterbestehen, während Neudeutschland ganz verboten wurde. „Wir traben in die Weite, das Fähnlein weht im Wind. Viel tausend uns zur Seite, die auch verboten sind“, so sangen wir damals, eine verschworene Gemeinschaft, die sich allwöchentlich traf und austauschte. Hier fragte mich niemand nach dem Arierpass, ich war akzeptiert und hatte eine Heimat gefunden. Die Wörter „Führer“ und „Gefolgschaft“ hatten einen anderen Sinn: die Treue zu Christus war gemeint. Der Kampf richtete sich gegen den braunen Feind.

Die pathetische Sprache der Gebete verriet den Zeitgeist, auch wenn hier das Ziel ein ganz anderes war. So war ich also aufgenommen, und das bedeutete mir viel:
Distanz vor den Mischlingsproblemen, Distanz auch vom Elternhaus, wo sich drohende Wolken zusammenzogen, seitdem die Nürnberger Rassegesetze sich weiter zuspitzten.
Die wöchentlichen Gruppenstunden, das gemeinsame Singen und Musizieren, die Fahrten in Münchens schöne Umgebung, wandernd oder mit dem Rad, Freizeit in Gemeinschaft, Tagungen – das erfüllte mich ganz und ließ mir nach der erzwungenen Passivität wieder Kräfte zuwachsen, von denen ich gar nichts gewusst hatte.
Der Heliandbund musste sich auf den Raum der Kirche beschränken, wie es das Konkordat zuließ.
Waren wir tagsüber in der inzwischen verstaatlichten Schule notgedrungene „Mitläufer“, so sahen wir in unserer Gruppe und den wöchentlichen Treffen den Mittelpunkt unseres Lebens. Neue Freundschaften, auch mit den Neudeutschen, kamen dazu.
In einem ausgedienten Bauernhof in der Jachenau, durch die Eltern einer Münchner „Heliandine“ zur Verfügung gestellt, konnten wir sogar unbekümmerte, heitere Wochenenden oder Ferientage verbringen. Wir waren auf uns selbst gestellt, und diese Freiheit von allen Autoritäten war ein köstliches Geschenk.

Im Sommer 1942 fand ein Bundestag in München statt. In den Kirchen und in kircheneigenen Räumen traf man sich noch einmal. Ungebetene Gäste traten auf, die Gestapo wusste Bescheid und zeigte sich. Die Messfeiern konnten abgehalten werden, sonst aber waren Äußerungen

gefährlich. Man hat dies Treffen den „Bundestag des Schweigens“ genannt.
Das Schweigen war in diesen letzten Kriegsjahren immer mehr zu einer Tugend geworden: Man schwieg, man verschwieg, weil das staatliche Umfeld stärker war, so dass die Angst umging.

Dass ich das Glück hatte, in der katholischen Jugendbewegung damals in München aufgenommen zu werden, hat mir in diesen Jahren des Erwachsenwerdens das Leben leicht gemacht.

VORFAHREN UND ELTERNHAUS

Vater, Mutter und drei Kinder, dazu eine Haushaltshilfe und die Setterhündin Fee gehörten 1936 zum Hausstand Hirschenstraße 36 in Solln. Im großen Ess-Wohnzimmer mit verglaster Veranda wurde gegessen und abends „Mensch, ärgere dich nicht!“ gespielt, daneben war die Küche mit dem Kasten für Stangeneis, das jede Woche von der Bierbrauerei mit Pferd und Wagen angeliefert wurde. Ebenso mit Pferd und Wagen erschien einmal im Monat eine mutige, resolute Frau, die Zenzi, um die Grube zu leeren,

Im Mittelstock des Hauses zwei Schlafzimmer der Eltern, ein Badezimmer und das Arbeitszimmer mit Rundbalkon des emsig schreibenden Vaters. Ganz oben ausgebaut, die Kammer für den dienstbaren Geist mit Waschschüssel und Wasserkanne, ein Zimmer für die beiden Mädchen, zwölf- und achtjährig, daneben das des sechsjährigen Bruders separat. Waschbecken im Flur, am weißlackierten Medizinschränkchen ein winziger Spiegel. Wenn ich hineinschaute, und das tat ich oft, musste ich mich bücken, denn ich war ein langes blondes Etwas, ohne alle Rundungen, die meinen bayerischen Mitschülerinnen mit den dunklen Zöpfen so gut standen.
Gegenüber führte eine schmale Türe zum winzigen Speicherraum mit dem schrägen Dachfenster. Hier saß ich manchesmal auf einem alten Überseekoffer mit zwei seitlichen Henkeln, wenn ich mit der Welt zerfallen war. Und das geschah oft. Die beiden jüngeren Geschwister ahnten wenig von dem, was in mir vorging, die Eltern waren mit sich beschäftigt. Der Vater durfte während des Tages beim Schreiben nicht gestört werden, die Mutter war meist unsichtbar und mit dem Abtippen der Manuskripte befasst. Die Mittagsruhe der Eltern war heilig, „von zwölf bis zwei Uhr nicht anr.“, stand neben unserer Nummer im Telefonbuch.
In der Küche regierte zuerst die „Knödelmarie“, später Resi Venus, beide aus Niederbayern, die zwar das bayerische Kochbuch beherrschten, deren Sprache aber vor allem unserer Mutter unverständlich war. Ich fand überhaupt, dass sie sich am wenigsten von uns allen zur Anpassung an die neue Umgebung eignete. Mein Vater, ein schlanker, eleganter Mann fand bald Freunde bei den aus dem Baltikum nach München übergesie-

delten Bekannten. Er wurde Mitglied in der „Zwanglosen Gesellschaft", die im Ignaz-Günther-Haus am Jakobsplatz tagte. In Solln fand er sich in guter Nachbarschaft mit Carl Muth in der nahen Dittlerstraße.

Um die Ecke in der Diefenbachstraße hauste der Weiß Ferdl, vom Staat gern geduldeter Komiker im „Platzl", gegenüber von uns der linientreue Schriftsteller Erwin Guido Kolbenheyer, den mein Vater nicht grüßen mochte, und an der Ecke der Unternehmer Rodenstock. Sie alle haben zwar die „Bombengaudi", den Fliegerangriff im September 1942 überlebt, aber ihre Häuser wurden wie das unsere zerstört und demoliert.

Eine wichtige Bewohnerin Sollns war das sogenannte „Hitler-Muatterl" in der Diefenbachstraße. Frau Hermine Hoffmann hatte dem Gefreiten Adolf Hitler im Ersten Weltkrieg Feldpostpäckchen gesandt und galt als dessen Wohltäterin. Wenn sie im Mai Geburtstag hatte, mussten sich die Sollner Schulkinder am Nachmittag mit Hakenkreuzfähnchen vor ihren Gartenzaun stellen, denn der Führer wurde Punkt vier Uhr als Gratulant erwartet. Fuhr er im offenen Auto, eskortiert von der Polizei, vor, dann ertönte der Ruf „Hände aus den Taschen!" und „Fähnchen hoch!", und Hitler marschierte mit wuchtigem Schritt den gepflasterten Gehweg hinauf bis zur Glastür und verschwand im Inneren des Hauses. Ich habe das nur einmal miterlebt, weil ich mich neugierig dazugestellt hatte. Aber vom ersten Kriegsjahr an unterblieben die Gratulationsbesuche auch.

Altmodisch waren sie, diese Eltern, ein Radio gab es nicht. Ungewöhnlich waren sie mir schon immer erschienen. Der Vater mit dem baltisch rollenden RR, den gestrigen Ansichten, dass Töchter kein Geld verdienen durften – ich hatte Bücherprospekte vor Weihnachten ausgetragen und stolz meinen Lohn, eine Reichsmark nachhause gebracht, die ich sofort zurücktragen musste – und dem Beruf eines Schriftstellers war mir suspekt.
Die Mutter hatte mir mehrfach angedeutet, sie habe es schwer in der heutigen Zeit. Das „Warum" war sie mir schuldig geblieben, und ich wagte auch nicht, sie danach zu fragen. Auf Umwegen erfuhr ich es von meinem Vetter: Unsere Großmutter mütterlicherseits war Jüdin, der Großvater Halbjude. „Wahrscheinlich hat man dich deswegen in diese Klosterschule gesteckt", meinte mein Vetter, „sei froh, dass du einen arischen Vater hast!" Das war es also, und ich traute mich nicht weiter zu fragen.

Als ich eines Mittags von der Schule kam, fand ich die Eltern erregt vor: Der Vater war aus der Reichsschrifttumskammer ausgeschlossen worden und durfte nicht mehr publizieren. An Auswanderung war nicht zu denken, Geld war knapp, der Vater sprach kein Englisch, kaum Französisch, dafür fließend Russisch, einen Brotberuf hatte er nicht erlernt.
Ich fiel in ein tiefes Loch, die Einsamkeit um mich her wuchs, und niemand war da, dem ich mich hätte anvertrauen können. In der Schule fühlte ich mich ausgegrenzt. Die munteren Mitschülerinnen zeigten gerne ihre Uniformen: weiße Bluse, schwarzes Halstuch mit braunem Lederknoten, schwarzer Rock und vor allem die schicke braune sogen. „Kletterweste“ aus einer samtartigen Lederimitation mit sportlichen Taschenklappen. „Warum bist denn du nicht dabei?“ Wie ich solche Fragen hasste! Ich erfand immer neue Ausreden und schämte mich.

Bis zu unserer Übersiedelung von Berlin nach München hatte ich von den Schwierigkeiten meiner Mutter nichts geahnt. Die zackigen Aufmärsche der Berliner SA und SS in ihren Braunhemden, schwarzen oder braunen Hosen und den glänzendschwarzen hohen Stiefeln, die an unseren Fenstern vorbeizogen mit dröhnendem Marschtritt, fand ich toll. Sie sangen „Kam‘raden, die Rotfront und Reaktion erschossen…“, das gefiel mir, obwohl ich nicht einsah, wieso man von der „Redaktion“, so hatte ich verstanden, erschossen werden konnte, die, so wusste ich, meinem Vater die Bücher vermittelte, die er für die Zeitung besprechen sollte. Ich fragte aber niemanden, warum die Redaktion so gefährlich war, begeisterte mich an der Musik und dem rasanten Auftreten der Kolonnen und bat meinen Vater doch auch zum deutschen Jungmädelbund stoßen zu dürfen, dem manche meiner Klassenkameradinnen schon angehörten. „Solange ich diese Uniform nicht anziehe, wirst du sie auch nicht tragen“, war die kurze Antwort, und dabei blieb es. Erst als ich Genaueres über die Belastung unserer Mutter erfuhr, verstand ich diese schroffe Bemerkung.
Die Mutter war schon in der ersten Sollner Zeit unberechenbar, schnell verstimmt, manchmal explosiv, mehr strenge Erzieherin als Freundin ihrer Kinder. Man musste sie schonen. Über ihre Bürde, die nun auch den Beruf ihres Mannes betraf, sprach sie nie. Ich spürte eine Tabu-Zone um sie herum und hielt mich daran. Und dennoch merkten wir Kinder, dass da etwas Ungesagtes wesentlicher war. Trotz allen Kummers um meine Ausgegrenztheit empfand ich stark, dass die Familie zusammengehörte.

Charlotte Bergengruen, geb. Hensel

Als Kleinkinder hatten wir vieles von der Mutter gehört: Sprüche, Märchen, Lieder und Spiele. Das hörte jedoch bald völlig auf, sei es durch ihr beschattetes Dasein als Mischlingsfrau ersten Grades, sei es auch dadurch, dass ich ihr langsam entwuchs und eigene Wege ging. Sie mag meine Abnabelung vom Elternhaus als Abwendung von der nicht arischen Mutter verstanden haben – aber hier lag nicht der Kern der inneren Entfernung von ihr: Sie war ganz einfach nicht das weibliche Vorbild für mich, eher klein, gedrungen, untersetzt, nicht immer liebenswürdig, sondern abweisend ihren Mitmenschen gegenüber – so konnte sie nicht mein Idealbild sein.
Das war eher der Vater. Auch er nicht der Vater „zum Anfassen", sondern distanziert, aber zu Späßen aufgelegt, in der Familienszene ein seltener Gast. Abends erkundigte er sich oft liebevoll nach meinem Ergehen

Werner Bergengruen

oder bemerkte, ich sähe mit einem Male so traurig aus. Er hat mich wohl verstanden, auch wenn wir nur wenig persönliche Worte wechselten. Wenn er im baltischen Tonfall vorlas oder erzählte, hing ich an seinen Lippen. Seine Verse nahm ich mit in meine Einsamkeit, und die guten Hausgeister, die er im Gedicht beschwor, beschützten auch mich:

In der grünen Flut der Bäume
zählen sie getreu das Laub,
streu'n in deiner Kinder Träume
Mondenglanz und Sternenstaub.

Für diese Tröstungen liebte ich ihn.

Er kam aus einem Arzthaushalt im fernen Riga, hatte verarmte Verwandte die allesamt vor der bolschewistischen Herrschaft „ins Reich“ geflohen waren und voller köstlicher baltischer Geschichten und Anekdoten steckten, die sie in ihrem seltsam fremden Dialekt erzählten.
Zwei Brüder des Vaters waren im Ersten Weltkrieg gefallen, die Schwester früh verstorben. Die Großeltern Bergengruen waren weder reich noch modern, eher schrullige Originale, warmherzig und liebenswert, die ihren einzigen noch lebenden Sohn vergötterten, verehrten und liebten. Dass er keinen handfesten Beruf hatte wie andere Väter, machte ihn mir als Kind merkwürdig, später sah ich darin einen Vorzug, der auch meine Mutter einbezog, wenn sie auf der alten wackeligen Schreibmaschine seine Erzählungen und Gedichte abschrieb.

Die Schwester meiner Großmutter, Tante Liesing, war kindlich geblieben und lebte im Schutz des Großelternhauses in Danzig. In den dreißiger Jahren war sie im Augusta-Viktoria-Stift in der Nähe untergebracht, von wo sie plötzlich im April 1941 in die Anstalt Konradstein bei Preußisch Stargard verlegt wurde. Drei Tage nach ihrer Ankunft dort verstarb sie, die Urne mit der Asche wurde den Angehörigen als Postpaket zugeschickt. Hitlers Gesetz „Zur Ausmerzung minderwertiger Erbanlagen“ im Oktober 1933 hatte auch die alte Frau erfasst.

Geld war immer Mangelware bei uns, und Forderungen an Vater und Mutter zu stellen, war mir furchtbar. Oft schob ich sie tagelang vor mir her.
Unsere Mutter sprach davon, wie gerne sie eigentlich ihr im Ersten Weltkrieg begonnenes Medizinstudium fortgesetzt und beendet hätte, doch war das für eine Ehefrau und Mutter in den zwanziger und dreißiger Jahren nicht üblich. Sie hatte einen klaren, naturwissenschaftlich geschulten Verstand, während der Vater, eher ein „Spökenkieker“ aus dem Nordosten, gerne okkulten Phänomenen anhing und Spuk jeglicher Art als völlige Selbstverständlichkeit annahm.
Die Mutter prägte schon früh unser Pflichtbewusstsein wie unsere Leistungsbereitschaft, oft auch unter Androhungen. Der Vater weitete Phantasie, bildliches Vorstellungsvermögen und vermittelte Wort und Sprache.

Bei der Konversion der Eltern zur katholischen Kirche muss er wohl die treibende Kraft gewesen sein, die Eindrücke aus der frühen Kinderzeit im Baltikum, als er mit den einheimischen Dienstboten in die russisch-orthodoxe Kirche gegangen war, hatten ihn geprägt. Die Suche nach den Quellen des Christentums ließen ihn als Erwachsenen den Weg zur katholischen Kirche finden. In München traf er 1936 ein noch intaktes Umfeld an, und hier zahlreiche Gleichgesinnte, die den Nationalsozialismus strikt ablehnten.
Die Verwandten von Mutters Seite imponierten mir gewaltig. Die aus Berlin kommenden Großeltern bewohnten in Marburg ein prächtiges Haus, in dem es lebhaft zuging. Es wurde viel musiziert und viel gelacht. Der Großvater Hensel war ein witziger und sehr geselliger Mann. Die Großmutter kam aus der wohlhabenden jüdischen Familie Hahn, die im Rheinland die Hahnschen Röhrenwalz-Werke betrieb, später von Mannesmann übernommen. Auch Kurt Hahn, der Reformpädagoge und Begründer der Schule in Salem gehörte zur Familie.
Freilich wurde das Leben dieser Großeltern und ihrer zahlreichen Nachkommen nach 1938 immer schwieriger und kummervoller. Zwei der Töchter, darunter meine Mutter, waren „Arisch“ verheiratet und nach den „Nürnberger Gesetzen“ vorläufig geschützt. Die Älteste aber hatte einen jüdischen Juristen aus Frankfurt zum Mann, diese Familie entkam rechtzeitig nach England. Der einzige Bruder meiner Mutter, Jurist an der Universität Königsberg, verlor seine Professur bereits 1933 und verstarb in Italien unter rätselhaften Umständen. Seine Frau hat sich 1942 im Untersuchungsgefängnis der Gestapo in Konstanz erhängt, als sie Berliner Juden über die Schweizer Grenze helfen wollte und dabei gefasst wurde. Ihre Freundin Marieluise Kaschnitz hat den Vorfall in ihrer Novelle „Das rote Netz“ festgehalten.
Mein Großvater Hensel starb 1941 in Marburg, die Großmutter hat versteckt überlebt dank großzügiger Hilfe, die es damals gab, wenn sie auch selten war.
Die Androhung vonseiten des Staates, dass gemischte Ehen wie die meiner Eltern nach dem „Endsieg“ zwangsweise aufgelöst würden (Wannseer Beschlüsse zur Endlösung der Judenfrage vom 20.1.1942), stand immer am Horizont. Meinem Vater wurde von behördlicher Seite mehrfach eine Scheidung nahegelegt, er hat diesen Gedanken jedoch immer und mit Vehemenz abgelehnt.

Als „auslandsdeutscher Schriftsteller aus dem Baltikum“ erhielt er 1938 schließlich eine „jederzeit widerrufliche Sondergenehmigung“ zu publizieren, stand aber unter behördlicher Kontrolle und durfte nicht öffentlich auftreten. Lediglich in kircheneigenen Räumen sprach und las er, die durch das Konkordat noch geschützt waren. In seinen Erinnerungen schreibt er dazu:

> *Die Form, in welcher der Kontakt zwischen dem Dichter und seinem Publikum sich vollzog, war die der Vorlesung. Hier erlebten wir eine merkwürdige Rückbildung in Zustände, die denen etwa der Minnesängerzeit oder gar dem antiken Rhapsodentum ähnelten. Die nationalsozialistischen Literaturbehörden veranstalteten riesige Autorenabende für ihre Günstlinge. Oft wurden diese wenig besucht, oft wurden die Plätze vorwiegend von den Angehörigen der hierzu kommandierten Organisationen eingenommen. Andere Autoren wurden für ähnliche Veranstaltungen empfohlen oder waren doch zugelassen. Es gab eine vom Propagandaministerium herausgegebene Namensliste, auf Grund deren die Buchhandlungen oder Vereinigungen, die einen Dichterabend zu arrangieren wünschten, ihre Wahl zu treffen hatten. Ich fehlte begreiflicherweise auf dieser Liste, und als im Jahre 1941 eine mutige Buchhandlung in Osnabrück mich zu einer öffentlichen Vorlesung geladen hatte, zog sie sich einen scharfen und drohenden Verweis seitens des Propagandaministeriums zu. In Leipzig und Dresden verbot die Geheime Staatspolizei meine Abende. Dagegen waren halböffentliche Vorlesungen an manchen Orten möglich, die man freilich gelegentlich auf kaltem Wege, nämlich im Winter durch Heizverbote, bei denen man sich auf die Notwendigkeit der Kohlenersparnis berief, zu verhindern trachtete. Von solchen Möglichkeiten habe ich trotz der immer schwieriger werdenden Reiseverhältnisse einen weitgehenden Gebrauch gemacht, bis schließlich Fahrten auf größere Entfernungen kaum mehr zu leisten waren. In Freiburg, wo die nationalsozialistischen Behörden toleranter waren als in vielen anderen Städten, – überhaupt konnten hier wie auf manchen*

verwandten Gebieten die lokalen Unterschiede erstaunlich groß sein! – habe ich in kirchlichen Versammlungsräumen vor über siebenhundert Zuhörern, meist Studenten, lesen können, ohne dass die Polizei einschritt; in Österreich, aber auch in den meisten anderen Gegenden des Altreichs wäre so etwas undenkbar gewesen. Zustatten kam es mir bei solchen Anlässen, dass „kirchliche" Veranstaltungen, denen allerdings kein öffentlicher Billetverkauf und auch keinerlei öffentliche Ankündigung vorangehen durfte und die auch nur in kircheneigenen Räumen zugelassen waren, lediglich der Kontrolle der Polizei unterlagen, während „literarische" Abende von den örtlichen Vertretungsorganen des Propagandaministeriums genehmigt werden mussten. Diese hätten mein Auftreten natürlich unterbunden; die niederen Polizeibehörden dagegen nahmen als selbstverständlich an, dass ein Gedicht oder Novellen vorlesender Autor auch in den vorgesehenen Beziehungen zum Propagandaministerium stehen müsse. Dergleichen nachzuprüfen lag nicht in ihrer Kompetenz. Außerdem unterstanden sie ja dem Propagandaministerium nicht, und wer zu Himmler geschworen hatte, pflegte Goebbels und die Seinen als einen Klüngel von Intellektuellen zu verachten; man hatte keinen Grund, seinen Instanzen gefällig zu sein oder gar Richtlinien von ihnen zu erbitten. Derartige Verworrenheiten innerhalb der nationalsozialistischen Maschinerie konnte man sich oft zu nutze machen.

Aus: Werner Bergengruen, Dichtergehäuse,
Zürich 1966, postum erschienen

Im Hause ihres Freundes Carl Muth trafen meine Eltern auch mit dem studentischen Kreis um die Geschwister Scholl zusammen.
Die Studenten Hans und Sophie hatten von 1941-1943 im Haus unseres Sollner Nachbarn Carl Muth verkehrt. Damals war Hans als Soldat in die sogenannte „Studentenkompanie" abgestellt worden und konnte Medizin studieren. Durch seinen Freund Otl Aicher lernte er Carl Muth (1867-1944) kennen und in dessen Haus Theodor Haecker, Sigismund

von Radecki und Werner Bergengruen. Sophie Scholl wohnte für einige Wochen ganz im Muthschen Haus. Die ersten der vier Flugblätter, die damals geschrieben wurden, gehören in die Sommermonate 1942, im Juli kam Hans Scholl wieder an die russische Front.
Ein Jahr vorher schon hatte Hans an seine Mutter geschrieben: „... wir sind früh vor die Wahl gestellt worden zwischen Echt und Unecht, und der bessere Teil in uns hat sich für das Echte, für das Wahre entschlossen ..." (München, 13. August 1941).
Muth war von 1903-1941 Herausgeber der Zeitschrift „Hochland", ein früher Europäer und meinem um fünfundzwanzig Jahre jüngeren Vater freundschaftlich zugetan. Der traf in der Dittlerstraße mit Hans Scholl zusammen und schreibt darüber:

> *Ich wusste nicht, dass der Student Hans Scholl, dem ich im Hause Carl Muth begegnete – er war Muth bei der Neuordnung seiner Bibliothek behilflich – der Verfasser jener Flugblätter der Weißen Rose war, die meine Frau und ich nächtlich abtippten und die ich dann nach sorgfältiger Auswahl der Adressaten zu Rad in die Stadt brachte, um sie auf die Briefkästen der verschiedensten Postbezirke zu verteilen. Nachdem das Unheil sich 1943 schon erfüllt hatte, erschienen zu später Abendstunde zwei Gestapobeamte bei Muth. Er wurde gefragt, ob er zugebe, Hans Scholl gekannt und häufig bei sich gesehen zu haben. Muth bejahte. „Dann sind Sie also der intellektuelle Urheber!" sagte einer der beiden. Zur Antwort brüllte Muth ihn an. „Das werden Sie mir beweisen müssen!" schrie er zornig, und er konnte im Zorn schon Schrecken und Furcht einjagen! Er wusste, dass nichts so verkehrt war, wie der Gedanke, hier etwa an Billigkeit, Vernunft, Humanität oder gar Mitleidsfähigkeit appellieren zu wollen. Mit diesem Schrei hatte Muth die Herrschaft über die Situation an sich gerissen. Freilich konnte sie ihm jeden Augenblick wieder entgleiten, es brauchte nur irgendein materieller Befund gegen ihn zu sprechen; denn nun begann die Haussuchung. Als die Beamten, die übrigens nach Muths Zornesausbruch höflicher geworden waren, sich über seinen Schreibtisch machten, fiel es ihm nach seinem eigenen Aus-*

druck siedendheiß ein, dass in einem Fach dieses Schreibtisches das Manuskript von Theodor Haeckers „Tag- und Nachtbüchern“ lag! Schon im nächsten Augenblick konnte es in den Händen der Gestapo sein. Dort musste es Haecker wie Muth zum Verderben werden. Die Gestapobeamten übergingen das Fach, Haeckers Manuskript blieb unangerührt. Stattdessen nahmen sie eine große Menge anderer, im Wesentlichen unverfänglicher Papiere an sich und brachten sie in einigen Körben unter. „Das nehmen wir mit. Ja, und Sie müssen wir auch mitnehmen.“

Muth stellte Bedingungen – als sei dies die Situation, um Bedingungen zu stellen! Unter Hinweis auf seinen Gesundheitszustand verlangte er eine Art Garantie dafür, dass man ihn nach erfolgter Einvernahme wieder nach Hause fahren werde. Die Gestapoleute wurden unsicher, verzichteten schließlich auf Muths Mitnahme und entfernten sich mit ihren Körben. Muth stieg in sein im Obergeschoss gelegenes Schlafzimmer und ging zu Bett. Schon im Begriff, das Licht zu löschen, erinnerte er sich jählings an etwas seinem Gedächtnis Entfallenes, und die Siedehitze dieses Erinnerns mag nicht geringer gewesen sein als die vorhin: in einem bestimmten Fach seines Schreibtisches bewahrte er das Duplikat einer von ihm verfassten, dem heiligen Vater zugeleiteten Denkschrift über die Zustände in Deutschland!

Hier konnte es um Leben und Tod gehen. Hatten die Gestapoleute mit den anderen Papieren auch den Durchschlag an sich genommen, wofür die Wahrscheinlichkeit sprach, so waren die Folgen nicht auszudenken oder doch nur allzu gut. Muths erste Regung war jetzt die, aufzuspringen, hinunterzustürzen und nachzusehen, ob die Denkschrift noch an ihrer Stelle oder in die Körbe geraten war. Dann aber sagte er sich: „Nein! Das ist meiner nicht würdig. Das hieße diesen Burschen zu viel Ehre antun.“ Er blieb liegen, drehte das Licht aus und schlief friedlich ein.

Am nächsten Morgen ging er hinunter in sein Arbeitszimmer. Das Schreibtischfach war leer. Aber Muth zog die Lade heraus und siehe da – das hochverräterische Schriftstück hatte sich hinter ihr eingeklemmt und war den Späherblicken der Gestapo entgangen. Die Phantasie Gottes hatte sich bewährt.

(Werner Bergengruen, Erinnerungen an Carl Muth.
Hochland Jahrgang 1946, Heft 1, Seite 55 ff)

BAJUWARISCHES

Allmählich schliff sich mein Berliner Jargon ab, und die Mitschülerinnen wie die Heliandgruppe lehrten mich „Loawedoag" und „Oachkatzlschwoaf" flüssig auszusprechen. Trotzdem war mir klar, dass meine Sprache mich immer verraten würde. Vielleicht ahnte meine gute Mutter meine Nöte, jedenfalls nähte sie mir zum Fasching 1938 ein rot-goldenes Pierrotkostüm, in dem ich zwar beim großen Umzug in München entsetzlich fror, das mir aber an diesem diesigen Sonntagnachmittag meinen ersten Freund einbrachte: Siegfried Birkenmeyer hieß er, und meinen scheuen ersten Kuss habe ich auch von ihm bekommen. Er war nicht gerade zum Verlieben, aber ein netter Kerl.

Die Schlager der beiden Vorkriegsjahre, die „Rosamunde" und das „Anneliesel" und „Da droben auf der Heide, da küssten wir uns beide..." oder „Wann i den ersten Schnee draußen am Fenster seh, wird's mir ums Herz so warm, da muass i hoam!" liebte ich ebenso wie die ganz neuen Töne, die wir im Tanzkurs bei Meister Valenci im Hotel Vierjahreszeiten kennenlernten, den Lambeth-Walk und das „Fräulein Gerda!"

München faszinierte mich und nahm mich an. Am Sendlinger Torplatz habe ich 1938 den ersten Spatenstich zur Münchner U-Bahn miterlebt, die dann noch lange auf sich warten lassen musste. Nachmittags wanderte ich über Straßen und Plätze, die mir vertraut wurden, und sie erschienen mir wie lange Arme, die mich freundlich einschlossen, auch wenn ich eigentlich fremd war.

Im Muthschen Haus las mein Vater zuerst aus seinem „Braunen Schüttelbüchlein" vor, und die handverlesenen Gäste erfreuten sich an Schüttelreimen wie diesen:

Ende, Schwätzer, endlich deine miesen
Reden! Adolf? Ja, ich meine diesen.
Rassenabgott deiner Minderrasse,
Oberhornochs deiner Rindermasse,
taugst fürwahr zum Strohbrandschürer fein!
Führer, sprich, wo ist dein Führerschein?

Das war zwar lustig, aber jeder wusste, dass es noch Jahre dauern konnte, bis die braune Zwingherrschaft das Feld räumen würde.

Meine Mutter war im Dorf Solln zunächst noch unbehelligt gewesen, bis die Berliner Behörden vom dortigen Sippenamt ihre Fühler nach ihr ausstreckten und sich erkundigten, „ob nach Ihren Feststellungen (gemeint war die Sollner Ortsbehörde) die Frau des obengenannten Werner Bergengruen arischer Abstammung ist." Die treuherzige Antwort aus Solln kam schon drei Tage später: „Die Ehefrau des Schriftstellers Werner Bergengruen ist katholischer Abstammung." So verträumt war man damals in Solln!

Wenige Tage später ging jedoch ein „Ausführliches Gesamturteil" aus München nach Berlin:
„Werner Bergengruen dürfte politisch nicht zuverlässig sein......
Im Jahre 1938 ließ er seine Tochter in München eine Schule besuchen, deren Schüler meist Juden-Mischlinge waren ..."

Meine Mutter erhielt als Dreivierteljüdin keine Ausweispapiere. Da schon seit Kriegsbeginn in allen Zügen Ausweiskontrollen stattfanden, waren ihre Reisemöglichkeiten begrenzt. Die Ausgabe von Postausweisen half ihr für kurze Zeit weiter. Über diese Möglichkeit war sie sehr glücklich.

Für uns Kinder als Mischlinge zweiten Grades waren die Vorschriften weniger streng. Wir hatten Ausweise, durften jedoch keine Arbeitsverhältnisse eingehen, da es streng verboten war, jüdische Mischlinge zu beschäftigen.

Es war ein besonderes Glück, dass es mir gelang nach dem Abitur 1942 in der Kaiser-Buchhandlung am Marienplatz als Lehrling unterzukommen, wo mich der Inhaber, Herr Albert Lempp aufnahm, ohne sich um diese Regelung zu kümmern.

An das

Reichsministerium für Volksaufklärung und Propaganda

B e r l i n   W 8
Wilhelmplatz 8/9

13.7.1940

„Streng vertraulich"

Gaupersonalamt/Hpt.St.Pol.Beurteilung
Ko/Fe. - BB 1636

Betreff: Schriftsteller, Werner Bergengruen, geb. 16.9.92
wohnh. Solln/München, Hirschenstr. 36
I.Schr.v.2.6.40 Z.: S 8100/30.12.38/6 1/13 Hpt.Ref. 2

Der Genannte ist nicht Mitglied der NSDAP oder einer ihrer Gliederungen, wie er auch keinerlei Betätigung ausübt. Aufgrund seines Gesamtverhaltens kann von ihm höchstenfalls legales Verhalten erwartet werden.

Heil Hitler!
Der Gaupersonalamtsleiter:
i.V.

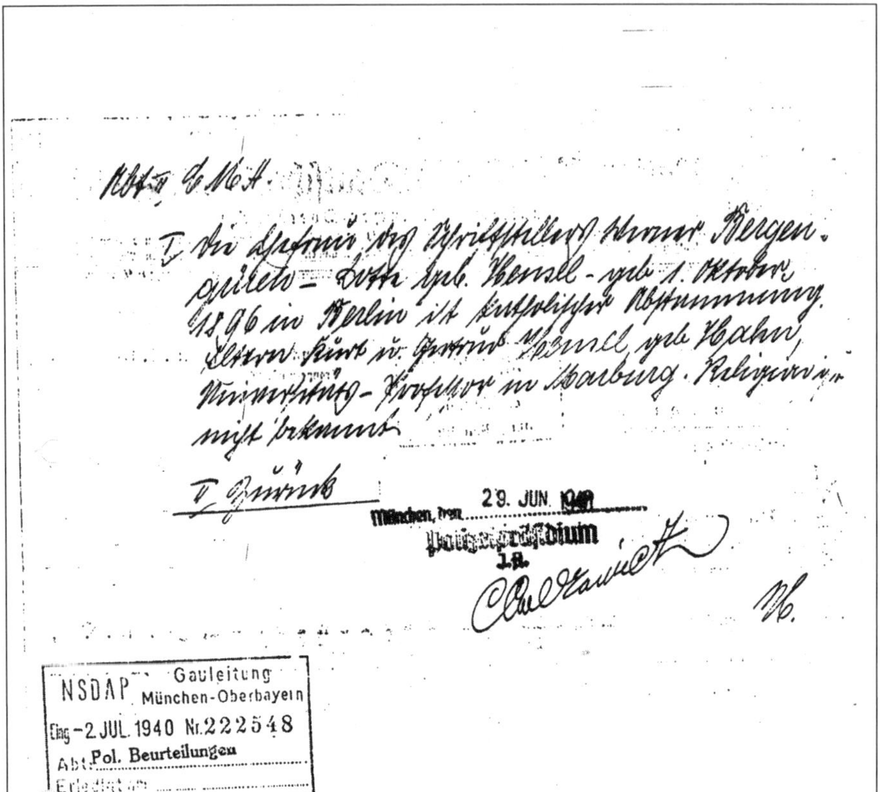

Abt. II b M.A.

I. Die Ehefrau des Schriftstellers Werner Bergengruen – Lotte geb. Hensel – geb. 1. Oktober 1896 in Berlin ist katholischer Abstammung. Eltern Kurt u. Gertrud Hensel geb. Hahn, Universitäts-Professor in Marburg. Religion nicht bekannt.

II. Zurück

München, den 29. JUN. 1940

Polizeipräsidium

I.A.

W.

NSDAP Gauleitung München-Oberbayern

Eing. – 2. JUL. 1940 Nr. 222548

Abt. Pol. Beurteilungen

Erledigt am

Ausführliches Gesamturteil:

Bergengruen dürfte politisch nicht zuverlässig sein.
Wenn er auch wenn dazu Anlass besteht an seinem Fenster die Hakenkreuzfahne zeigt, oder bei Sammlungen immer und gerne gibt, so gibt seine sonstige Haltung trotzdem Anlass ihn als politisch unzuverlässig anzusehen.
Weder er noch seine Frau und Kinder sind Mitglied einer Gliederung.
Der deutsche Gruss "Heil Hitler" wird weder von ihm noch von seiner Familie angewendet, auch wenn er ab u. zu die Hand ein wenig erhebt.
Eine NS-Presse bezieht er soweit bekannt ebenfalls nicht.
Diese seine Einstellung dürfte wahrscheinlich darin zu suchen sein, weil er oder seine Frau vermutlich jüdisch versippt ist. Anlass zu dieser Vermutung gibt folgendes:

1.) Bergengruen verkehrt sehr viel in einem Hause dessen Besitzers-Ehefrau Volljüdin ist.
2.) Jm Jahre 1938 liess er seine Tochter in München eine Schule besuchen, dessen Schüler meist Juden-Mischlinge waren.
3.) Konnte in Erfahrung gebracht werden, dass aus einem vorhandenen Abstammungsnachweis seines Sohnes hervorgehen soll, dass ein Gross-Elternteil dieses Kindes jüdischer Abstammung sei, vermutlich von Seite der Mutter.

Demnach wäre die Ehefrau des Bergengruen Halbjüdin.
Da der Ortsgruppe keine amtl. Unterlagen hiefür zugängig sind, wäre es zweckmässig durch die Polizei Erkundigung hierüber einziehen zu lassen.
Bemerkt sei noch, dass Bergengruen auch konfessionell stark gebunden ist.

Mchn-Solln, den 14. Juni 194o

F.d.R.
[illegible]
Ortsgr. Organisationsleiter

Nationalsoz. Deutsche Arbeiterpartei – Ortsgruppe München-Solln

Hasselbacher
Der Hoheitsträger
komm. Ortsgruppenleiter

Sollte der Beurteilungsbogen nicht ausreichen, so bitte ich, ein weiteres Blatt beizulegen!

DIE KAISERLICHE ZEIT

Nach der Zerstörung unseres Sollner Hauses durch eine Luftmine auf den Bahnhof im September 1942 waren meine Eltern am Achensee im Jagdhaus von Wiener Freunden untergetaucht, wo sie sich sicherer fühlten. Meine beiden Geschwister kamen in einer privaten Schule im Schwarzwald unter.

Ich versuchte in München ein Zimmer zu finden, und da ich als „Bombenflüchtling" galt, wies man mich in die Münchner Schraudolphstraße ein, in eine zwangsbewirtschaftete Wohnung, deren Inhaber mit einer Jüdin verheiratet war.

Man hatte dem Städtischen Baurat Allwang schon 1937 Arbeit, Verdienstquelle und Lebensinhalt genommen. Seine Frau Grete, damals etwa fünfzig-jährig, musste jeden Morgen um vier Uhr zum Trambahnwaschen am Rotkreuzplatz antreten. Ich sehe sie noch vor mir im schwarzen Umhang mit dem gelben Judenstern, wie sie im Dunkeln das Haus verließ, nachdem wir beiden zusammen ein kärgliches Frühstück eingenommen hatten. Luthers Spruch „Mönchlein, Mönchlein, du gehst einen schweren Gang...", zitierte sie jedesmal dabei, und wir umarmten uns, bevor sie ging. Ich hörte viel später, dass sie den Krieg überlebt hat.

Wegen zunehmender Luftangriffe war die „leuchtende" Stadt Thomas Manns vollständig verdunkelt, kein Lichtschein durfte nach außen dringen, und der elektrische Strom war reduziert. In der Kaiser'schen Buchhandlung unter dem Rathausturm herrschte in allen Stockwerken der gestrenge Prokurist, Herr Ernst Lembert über die Lehrlinge. Hatte ich mir vorgestellt, mit schönen Büchern zu tun zu haben? Die Regale waren natürlich nicht gut gefüllt, Bücher waren Zuteilungsware. Papierknappheit und NS-Zensur verhinderten Neuerscheinungen unerwünschter Bücher, aber Nordisches, Hitlerfreundliches und einige Fachbücher waren zu haben.

Nein, ich wischte lediglich die halbleeren Regale mit grauen Lappen feucht ab, bediente oben die altväterische Portomaschine und hatte unten im Packraum die spärlich eintreffenden Bücherpakete aufzuknoten, die Papierschnüre sorgsam aufzurollen und das Papier zu glätten. Lembert war streng und konnte, nervlich wohl schwer belastet, schimpfen wie kein anderer. Von ihm lernte ich Ordnung zu halten. Hatte er aber jemanden ungerecht behandelt, holte er auf seine eigenen kärglichen

Brotmarken beim Bäcker ein Stückchen Kuchen oder eine bräunliche Rohrnudel und überreichte sein Geschenk in Packpapier als schweigende Abbitte.
Der Eigentümer war Albert Lempp, ein schwäbischer Buchhändler, überzeugter evangelischer Christ, klein, verwachsen, mit einem sehr gütigen Gesicht „wie der liebe Gott.“ Er führte seine Buchhandlung und den Kaiser-Verlag unbeirrt durch die braunen Jahre. Schweigsam war er, aber er wusste alles und zog im katholischen Bayern eisern seinen evangelischen Betrieb durch alle Hindernisse. Dass ich Mischling war, ignorierte er einfach, und das war mein Glück, denn so konnte ich nicht dienstverpflichtet werden, wir standen ja 1942 bereits im „totalen Krieg.“
Gebundene Bücher waren damals Raritäten, das billige Taschenbuch war noch nicht erfunden. Der zweite Prokurist, Herr Seeger, ein weißhaariger gütiger Engel, erklärte uns Lehrlingen das Buch als kostbarstes geistiges Geschenk, sozusagen als Heiligtum.
Lembert hatte unter der Theke das sogenannte „Maugenescht“.
Da fanden sich einige Kostbarkeiten vom Insel-Verlag, Rilke zweibändig, Goethes Italienische Reise, auch Ina Seidels „Wunschkind“, Wiecherts „Das einfache Leben“, Carossas „Führung und Geleit“ und Ernst Heimerans „Der Vater und sein erstes Kind“. Selten zu ergattern waren Ernst Jüngers Bücher, „Die Marmorklippen“, das als Widerstandsbuch galt, und „Das abenteuerliche Herz“. Mein Lieblingsbuch war in graues Leinen gebunden und 1940 im Karl Rauch Verlag in Dessau erschienen: Antoine de St. Exupérys „Wind, Sand und Sterne“. Ein junger französischer Flieger berichtete hier von einsamen Flügen, dunklen Nächten und Sternenhimmeln, von einsam wachenden Menschen und dem beglückten Blick von oben auf unsere große weite Erde. Das schien mir Freiheit zu sein, wir wussten nichts davon, nie waren wir im Ausland gewesen und wären so gerne in eine Welt aufgebrochen, die wir nur aus Büchern kannten oder aber in engen „Frontabschnitten“ aus dem Wehrmachtsbericht im Radio.
Als Feldpostausgaben kamen in diesem Winter, grau mit schwarzem Aufdruck, die bisher bunten Inselbändchen broschiert auf den Markt, ein Novum, und waren natürlich sofort verkauft. Zu haben waren kleine Kochbücher, das Tabakbüchlein, Grundrezepte für die sparsame Kriegsküche, Kolbenheyers Paracelsus-Roman, Waggerls Erzählungen, Hermann Löns‘ Heidebilder oder Suchenwirths „Deutsche Geschichte“. Will Vesper hatte 1906 „Die Ernte der deutsche Lyrik aus achthundert Jahren“

herausgegeben, ein kostbares Gut, das im Dezember 1942 das 300. Tausend erreichte. Ich konnte ein Exemplar ergattern, und es begleitete mich durch viele Jahre. 1940 ließ er in gleicher, jedoch kriegsmäßiger Pappausstattung „Die Ernte der Gegenwart – Deutsche Lyrik von heute" folgen. Das war natürlich ein Zugeständnis an die braunen Machthaber. Aber nur der zweite, ganz schmale Teil war thematisch der martialischen Zeit gewidmet, dem großen Krieg. Der Band schloss mit dem Deutschen Spruch von Hermann Claudius:

Herrgott, steh dem Führer bei,
dass sein Werk das Deine sei,
dass Dein Werk das seine sei,
Herrgott, steh dem Führer bei.

Herrgott, steh uns allen bei,
dass unser Werk das Deine sei,
dass Dein Werk das unsre sei,
Herrgott, steh uns allen bei.

Wir ergänzten natürlich fröhlich eine dritte Strophe

Führer, steh dem Herrgott bei,
dass sein Werk das Deine sei,
dass Dein Werk das seine sei,
Führer, steh dem Herrgott bei.

Alle Kaiserlichen lachten, und wir sahen wie so oft unseren alten Wahlspruch bestätigt:

Wir haben fröhlich buchgehandelt,
durch ernste Zeiten froh gewandelt.

Oftmals wurden im Laden auch Bibeln verlangt, die gab es nicht. Mein Mitlehrling, Irmele Hiltmann, eine muntere Pfarrerstochter aus Memmingen, wusste Rat: sie verschenkte großzügig die Bibeln aus dem schwäbischen Pfarrhaus und hat damit sicher Gutes getan. Mit ihr zog ich winters den kleinen Rodelschlitten zur Münchner Hauptpost und zurück, um die

wenigen eintreffenden Pakete abzuholen oder ans Lager im Kaiser-Verlag in der Isabellastraße zu bringen. Kaufen konnte man immer Hitlers „Mein Kampf“, ein Buch, das wir alle gelesen haben mussten, was aber niemand ernstnahm.
Es gab auch eine Liste der verbotenen jüdischen Schriftsteller, die nannten wir die Elite-Liste und versuchten, auf irgendeine Weise diese Bücher wenigstens zu lesen.
Alles, was uns wichtig und verbreitenswert erschien, schrieben wir von Hand ab oder tippten es mit Durchschlägen auf die Schreibmaschine mit immer blasser werdendem Farbband. Das gab Geschenke zu Festtagen, die man hütete oder weitergab. Wir schlossen uns eng zusammen in diesem schlimmen Winter 1942/43, Leseabende im Kreis von Gleichgesinnten waren groß in Mode. Die Luftalarme nahmen zu, Siegesnachrichten wurden spärlicher, die Schlacht um Stalingrad ließ uns ahnen, welche entsetzliche Katastrophe Hitler und seine Generäle ausgelöst hatten. Dass Freunde und Schulkameraden in den Eiswüsten Russlands in dünnen Sommeruniformen saßen, dass täglich neue Todesnachrichten eintrafen, besprach man hinter vorgehaltener Hand.
In der Stadt selbst schien alles „normal“ zu laufen: Wilhelm Furtwängler dirigierte im Deutschen Museum, Kabasta in der Tonhalle, und im Deutschen Theater stieg allabendlich die nackte Venus aus der Muschel. Die Kammerspiele brachten Lessings „Nathan“, und man wunderte sich, dass niemand Lehren daraus zog. Auch „Der Prinz von Homburg“ mit Horst Caspar wurde gespielt, ebenso wie der gängige „Frontgockel“, der das Publikum aufheitern sollte. Im Kino liefen Veit Harlans Machwerke, Zarah Leander sang mit rauer Matrosenstimme von Wind und Heimat. Im Feinkostgeschäft neben Münzinger ergatterten wir manchmal Spezialitäten „ohne“ (Lebensmittelmarken), wie Molkenwurst oder den „Brotaufstrich mit Leberwurstgeschmack“. Wir amüsierten uns, dass in den Münchner Neuesten Nachrichten der Zucker plötzlich als „gänzlich unzureichendes Ernährungsbruchstück“ bezeichnet wurde, und konterten:

Zucker sparen? Grundverkehrt!
Der Körper braucht ihn – Zucker nährt!

LIEDER, SONGS UND PERSIFLAGEN

In diesem Münchner Winter, den die Schlacht um Stalingrad kennzeichnete, regierte schon die „totale Mobilmachung“ und stellte jeden halbwegs Entbehrlichen und Gesunden in den Dienst der Kriegsmaschine.

Der Galgenhumor blühte, bittere Witze kursierten, Nazilieder wurden umgedichtet oder karikiert. Hohngelächter stieg auf, als uns ein Fronturlauber die Melodie der zweiten deutschen Nationalhymne, des „Horst-Wessel-Liedes“ (*Die Fahne hoch, die Reihen fest geschlossen!*) als Ableger von einer Küchenmoritat aus den zwanziger Jahren entlarvte. Dieser Text handelt von einem Brüderpaar, einem Reisenden und einem Räuberhauptmann, das sich im Walde nach langen Jahren der Trennung plötzlich wiedererkannte und weinend umarmte: „Erst küsst er ihn, dann küssten sie sich beide…“ Die Melodie war tatsächlich fast dieselbe.
Und persiflierend sang man heimlich statt „Die Fahne hoch!“

Die Preise hoch, die Schnauze fest geschlossen,
die Nazimörder schleichen rings umher!
Millionen sind von den Banditen schon erschossen,
die Gestapo sucht Opfer immer mehr.

Die Fahne will schon nicht mehr richtig bammeln,
SA marschiert, doch nicht nachhaus, mein Schatz!
Wenn erst zuhaus die freien Deutschen sich versammeln,
gibt‘s dort für Adolfs Kulis keinen Platz.

Um diese Zeit geisterte der Schlager „Lili Marleen“ durch alle Sender, Radio Belgrad brachte ihn allabendlich als Zapfenstreich, und man sang Hans Leips Verse daheim wie an den Fronten. Auch dies Lied wurde häufig abgewandelt:

Rindfleisch ist so teuer, Schweinefleisch ist knapp.
Gehn ma doch zum Reserl und holn ma uns Trapp Trapp!
Und alle Leute solln uns sehn, *(Pferdefleisch)*
wenn wir beim Reserl Schlange stehn
für eine Mark und zehn!

oder auch

Unter der Laterne vor der Reichskanzlei
hängen alle Bonzen, der Hitler ist dabei,
und alle Leute bleiben stehn,
die wollen ihren Führer sehn
wie einst am ersten Mai.

Die Urlauber von der Front brachten immer neue Hohn- und Spottlieder freilich bitteren Inhalts mit. So sangen sie in Russland:

Vor den Toren Moskaus stand ein Bataillon,
das waren noch die Reste von einer Division.
Die Deutschen wollten Moskau sehn,
sie mussten aber türmen gehn
wie einst Napoleon, wie einst Napoleon.

Und es rief der Posten: die Russen kommen schon,
es kann dein Leben kosten, Kam'rad lauf schnell davon!
Gewehr und Stiefel bleiben stehn,
wir aber mussten türmen gehn,
als einst Napoleon, als einst Napoleon.

Um die Weihnachtszeit 1942 sangen die Münchner

Lasst und froh und munter sein,
Hitler zieht die Opas ein!
Lustig, lustig, trallalalla!
Bald ist dann der Friede da,
bald ist wieder Friede da.

oder

Es geht alles vorüber, es geht alles vorbei,
im März geht der Führer,
im Mai die Partei.
Es geht alles vorüber, es geht alles vorbei,
und dann eines Tages sind wir wieder frei!

Schon 1935, nachdem die Nürnberger Rassegesetze bekanntgemacht worden waren, hörte man das „Deutsche Schlaflied“:

Nun schlaf, mein Kind, in deiner teutschen Wiege
und werde deiner Ahnen froh!
Du trägst ein braunes Hemd, und das ist praktisch,
denn dann merkt man bei dir den Dreck nicht so.

Mein Kind, schon morgen kauf ich dir Pomade
und färbe dir die Haare rot.
Denn rot und blond ist deutsch, und blaue Augen,
die retten unser Volk aus aller Not.

Ja, auch mein Haar mit Wasserstoff erblondet,
da sieht man, dass ich urgermanisch bin.
Und deine Oma ist ganz sicher arisch,
so kriegst du deine deutsche Laufbahn hin.

Aber auch ernste oppositionelle Lieder wurden hier wie an der Front gesungen, viele übernahm man aus den alten Liederbüchern der bündischen Jugend:

General! Wir sind des Kaisers Leiter und Sprossen!
Wir sind wie Wasser im Flusse verflossen!
Nutzlos hast du unser rotes Blut vergossen.

General! Wir sind des Kaisers Adler und Eulen!
Unsre Kinder hungern, unsre Weiber heulen!
Unsre Knochen in fremder Erde fäulen.

General! Deine Augen sprühen Furcht und Hohn!
Unsre Mütter im Fron haben kargen Lohn!
Welche Mutter hat noch einen Sohn?
General!

In der christlichen Jugendbewegung hatte es lange vor Hitler Lieder von Kampf und Sieg gegeben, deren Tenor aber ein anderer war als den

Sieg der braunen Machthaber zu verkünden. In zum Teil mittelalterlichen martialischen Bildern wurde der Sieg des Guten, der Sieg des Herrn und Seines Reiches beschworen und der Kampf des Menschen gegen die Mächte des Bösen:

Da heißt es stehn ganz unverzagt
in seiner blanken Wehre,
dass sich der Feind nicht an uns wagt.
Es geht um Gut und Ehre.

Solche Lieder wurden von der Hitlerjugend einfach umgemünzt und in die gegenwärtige Kriegssituation tradiert. Wir Mädchen sangen diese kriegerischen Lieder mit in Gedanken an eine Gegenwelt im biblischen Sinne, weil wir mit der Alltagswelt nicht mehr zurechtkamen. Vielfach wurde auch die Apokalypse mit ihren Endzeitvorstellungen zitiert, gelesen und als verschlüsselte Botschaft an unsere Zeit gläubig aufgenommen, der Aberglaube blühte. „Befreiungstheologie" hieß das Schlüsselwort, das uns begleitete. So war die biblische Sprache und die christliche Verheissung ein heimlicher Zufluchtsort vor den ständigen Beeinflussungen von außen durch Parolen, Appelle und Schlagworte, durch Marschmusik und Wehrmachtsberichte.

Längst vorbei waren die Zeiten, wo man noch über Harmlosigkeiten gelacht hatte. In den Jahren vor dem Krieg war es für jeden deutschen Haushalt Pflicht gewesen, einmal im Monat sonntags statt des Festtagsbratens „Eintopf" zu essen und das so ersparte Geld an die „Winterhilfe" abzuführen, in der Regel ein bis zwei Reichsmark. Der als „Eintopfmann" bezeichnete Kontrolleur sammelte das Geld ein, hatte jederzeit in unseren Küchen Zutritt und schaute in den Kochtopf. Und so sangen wir nach der Melodie „Wenn am Sonntagabend die Dorfmusik spielt":

Wenn am Sonntagmittag der Eintopfmann kommt,
Eintopfgericht, Zweitopfgericht, Weißkohl!
Und der dicke Göring, der walzt durch den Saal:
'Heute gibt's Eintopf, wer will noch einmal?'
Wenn am Sonntagmittag der Eintopfmann kommt,
Eintopfgericht, Zweitopfgericht, Weißkohl!

Als zu Beginn des Krieges überall die Vorbereitungen auf mögliche feindliche Luftangriffe getroffen wurden, mussten sich die Familien abends im Sollner Schulhaus versammeln, um die „Brandbombenbekämpfung" zu erlernen. Die bestand aus einer Anleitung zum Basteln der sogenannten „Feuerpatsche". Mitzubringen war pro Person ein Besenstiel, ein Aufwischlappen und ein Stück Schnur, damals schon aus Papier gedreht. Im Brandfall war der an den Stiel gebundene Lappen nasszumachen, um dann damit auf den Brand einzuschlagen und ihn so zu löschen. Jedermann wusste, dass diese Maßnahme völlig vergeblich sein würde, und gleich nach der Versammlung sangen wir unter Hohngelächter:

... und der Lange mit der Stange
macht die Fliegerbombe bange,
und der Dicke mit dem Bauch
fängt die Fliegerbombe auf!
Der Luftschutz!
Der Schuft Lutz!

Wer eigentlich mit Lutz gemeint war, wussten wir nicht, manche dachten wohl an General Ludendorffs Witwe Mathilde, die auch in Solln lebte. Später ist uns allerdings das Hohngelächter vergangen, denn die Luftangriffe, anfangs harmlos, wurden zusehends schlimmer.
Im Grund aber waren alle diese Lieder nur der verzweifelte Versuch, in eine Gegenwelt auszuweichen und sich Luft zu verschaffen.

Die vollständigen Zitate der persiflierenden Lieder verdanke ich dem Musikwissenschaftler Professor J. Schepping in Köln, der sie in den braunen Jahren aufgeschrieben hat.

Der Reisende und der Straßenräuber
(Melodie wie Horst-Wessel-Lied der Deutschen)

Einst wollt ein Mann in seine Heimat reisen,
Er sehnte sich nach seinem Weib und Kind.
Wollt' ihnen dann als edler Mann beweisen,
Daß sie für ihn sein Glück und alles sind.
Kaum tat er so auf freier Straße gehn,
Als ihn ein Räuber plötzlich überfiel,
Und sprach zu ihm: »Halt! bleib vor mir stehen,
Gib mir dein Geld, ich weiß du hast sehr viel.«

Da sprach der Mann: »Das würd' euch wenig nützen,
Ich habe nichts als mein bißchen Leben,
Denn würde ich den kleinsten Schatz besitzen,
So würd' ich ihn euch wirklich gerne geben.«
Der Räuber sprach: »Dein Leben ist verloren«,
Und setzte ihm den Dolch an seine Brust,
»Gib mir dein Geld, sonst will ich dich durchbohren
Denn du bist reich, daß ist mir wohl bewußt!«

»Ach«, sprach der Mann, »schenkt mir diesmal das Leben
Verschonet doch zu Haus mein Weib und Kind,
Gott wird daher euch Glück und Segen geben.«
Der Räuber sprach, durch das ergrimmt geschwind:
»Ich schwöre dir's bei meiner armen Seele,
Ich morde dich, so wahr ich Räuber bin;
Glaub' nicht, daß ich mit dir mich lange quäle,
Du fährst mir nicht leicht durch den Sinn.«

Da sprach der Mann in wehmutsvollem Tone:
»Wohlan, so nehmet das teure Leben mir,
Du großer Gott auf deinem Himmelsthrone,
Steh' du mir bei, in meinem Tode hier!
Nun Räubersmann, laß mich nicht lange leiden,
Ermorde mich und triff das Herz recht gut;
Ich öffne dir selbst meine Brust mit Freuden,
Vergieße nun aus Habsucht Menschenblut.«

Der Räuber bleibt vor ihm betroffen stehen,
Und sprach: »Ich hab' zum Morden keine Lust.
Doch halt, was muß ich bei dir sehen,
Was hängt allhier an deiner Brust?«
»Ein Bild«, so sprach der Mann mit Würde,
»Es ist das Bildnis meiner Mutter hier.«
Der Räuber sah es an voll Begierde,
Und schrie: »Mein Bruder steht vor mir!«

»Wär's möglich«, sprach der Mann in höchster Freude,
»Du solltest hier mein teurer Bruder sein?«
Und küßte ihn, dann küßten sie sich Beide.
Der Räuber sprach: »Nun bist du wieder mein.
Zehn Jahre hab ich dich nicht gesehen;
Du bist so arm, bist doch ein edler Mann.
Und ich muß hier als Räuber vor dir stehen,
Ach großer Gott! Was habe ich heute getan!«

Sein Bruder sprach zu ihm gerührt und bieder:
»Laß diese Tat uns ganz vergessen sein,
Wir lieben uns als Brüder herzlich wieder.«
Der Räuber schwur bei hellen Sonnenschein,
In Zukunft sich der Redlichkeit zu weih'n,
Und so zu leben wie Gottes Wille ist.
Sein Bruder sprach: »Dann wird dir Gott verzeihen,
Wird segnen dich, weil du gebessert bist.«

Der Führer

Von Erwin Guido Kolbenheyer

Im Schicksalssturm der Völker wächst der Mann,
der seinem Volk die Bresche bricht zum Licht.
Er trägt Verlangen nach der starken Stunde,
die blanke Waffen führt und keinem Munde
das überflüss'ge Wort vergeben kann.
Er sucht die Tat. Die Tat nur hat Gewicht.

Und Grenzlandsehnsucht schärft ihm das Gesicht.

Er weiß, hoch über allem Ränkespiel
wird sich sein Volk als Führervolk erweisen:
Das weite Volk, geeint durch Blut und Eisen!
Träume versinken. Einzig nur die Pflicht
des eignen Opferganges scheint ihm Ziel.

So dankt er Gott in strömendem Gefühl,
daß ihm die Gnade wird, Soldat zu sein
in einer Stunde, da der Erdkreis zittert
und deutscher Boden, schicksalüberwittert,
den Führer zeugt: ein Herz in Flammen kühl,
ein Wille planvoll, hart, kristallenrein.

Aus dem soeben erschienenen Bande „Dem Führer, Gedichte für Adolf Hitler", herausgegeben von Karl Hans Bühner. (Georg Truckenmüller Verlag, Stuttgart-Berlin.)

So wird's gemacht: Anleitung zum Hitler-Gruß für Volksgenossen Abbildung Katalog

BRAUNE JAHRE

Wie sahen die braunen Zeitläufe in den Augen einer Halbwüchsigen aus?
Lebten wir „richtig“ im falschen System?
Schon im ersten Münchner Jahr ging der Zwölfjährigen diese Zweigleisigkeit auf.
Ich war im Zwiespalt:
Gepriesen wurden damals die vielen modernen Errungenschaften der braunen Ära, der Autobahnbau und vor allem der Volkswagen, auf den man sparen konnte – wie unmodern waren meine Eltern, von der Technik verstanden sie nichts, und das Geld fehlte sowieso.
Auch der Volksempfänger war verpönt bei uns, mein Vater hielt es mit dem Spruch „Leben muss von innen kommen, Du kannst ja lesen!“ Berieselung von außen her, auch durch Musik, galt als oberflächlich.
So lebte ich eigentlich an der von Goebbels so meisterhaft inszenierten Propaganda vorbei und hörte nichts: keine Reden, keine Marschmusik, keine Berichte über den Führer und seine gloriosen Auftritte mit Fackelzügen und Fahnen. Nur wenn ich ins Kino ging, und das scheiterte oft an meinem knappen Taschengeld, sah ich „Fox tönende Wochenschau“ als Vorspann zum Hauptfilm. Da wurde heldenhaftes Pathos in Szene gesetzt, und später dröhnten die Siegesmeldungen der Front unter Fanfarenklängen ins Dunkel.
So habe ich auch im Sommer 1936 wenig von den Olympischen Spielen gehört, an denen einige Klassenkameradinnen sogar als Zuschauer im fernen Berlin teilnahmen, in Berlin, nach dem ich Heimweh hatte! Ich las mir aus der Zeitung zusammen, was mich doch so faszinierte, verurteilte meine unsportlichen Eltern und hatte das schmerzliche Gefühl, von den großen Ereignissen der Zeit ausgeschlossen zu sein. Unklar empfand ich den Zwiespalt, der mich vom Ganzen abtrennte, vom Verschmelzen des kleinen Ich mit der großen braunen Masse, die sich unter dumpfen „Heil! Heil!“ – Rufen immer wieder selbst bestätigte.
Auch die Nürnberger Parteitage waren für mich verpasste Gelegenheiten, ich hörte begeisterte Berichte in der Sollner Bahn von den Teilnehmern aus HJ- und BdM-Kreisen. Diese Diskrepanz blieb in mir bestehen bis zum 9. November 1938. Man hatte in der Nacht Feuerschein über

Plakat zur Olympiade

München gesehen, und meine Eltern waren sehr unruhig gewesen. Spät nachts rief eine jüdische Freundin meiner Eltern, verheiratet mit dem Sollner Maler Otto Neumann, noch bei uns an und berichtete von wütenden Ausschreitungen in der Innenstadt.
Als ich am Morgen des 10. November auf dem Schulweg durch die Sendlingerstraße ging, standen in der Nähe der Asamkirche Gruppen von Menschen vor Geschäften, deren Scheiben eingeschlagen waren. Glassplitter lagen haufenweise auf der Straße. Erinnerlich ist mir das laute Schreien eines dunkel gekleideten Mannes, der von braun Uniformierten auf die Straße geschleudert wurde. So ganz klar war mir der Zusammenhang nicht, obwohl ich schon vierzehn Jahre alt war. Als ich mittags den Eltern von meinen Beobachtungen erzählte, weinte meine Mutter: „Jetzt wird es ernst!"
Von nun an war überall ein Stimmungsumschwung spürbar: Von der ausgeübten Gewalt in dieser Form distanzierten sich viele, die die braunen Machthaber jetzt ablehnten.
Jedoch kam 1939 bei Kriegsbeginn eine Wende auf: Jetzt gilt es doch, Deutschland gegen den Feind von außen zu verteidigen, wenn das Vaterland uns braucht, dürfen wir nicht abseits stehen.
Wieder war mein Vater anderer Meinung und äußerte, nur durch eine völlige Niederlage könnten die „Braunen" in die Knie gezwungen werden. So war ich auch hier wiederum im Zwiespalt, und es gelang mir nie, mich emotional auf die Seite der jeweiligen „Sieger" zu stellen, so gern ich das getan hätte.

1938 hatten in München die „Arisierungen" begonnen, die „Nürnberger Gesetze" begannen zu greifen. Das Zusammenleben von Ariern und Juden war nun bei Strafe verboten, Kontrolleure kamen in die Häuser. Auch unser dienstbarer Geist kündigte, ließ sich aber zunächst noch zum Bleiben bewegen.
Das „Juden raus!" war tägliches Schlagwort. Mit Parasiten, mit Lebensunwürdigen, Kranken am Volkskörper wurden sie verglichen. Nicht nur in Solln, auch in der Stadt haben viele ihre Hilfsbereitschaft gezeigt, als es galt, die aus ihren Wohnungen vertriebenen Juden, die ja kein Hotel, keine Pension mehr aufsuchen durften, für eine oder zwei Nächte bei sich zu beherbergen. Ich hörte aber auch von einer alten jüdischen Frau, die verzweifelt in Münchner Straßen umherirrte und schließlich einen

Uniformierten fragte, wohin sie denn gehen solle, sie habe in der Stadt weder Verwandte noch Freunde. Da erwiderte er ungerührt: „In den Starnbergersee, da ist Platz für Euch alle!“ Man hörte, dass die jüdische Gemeinde ein Wohnungsreferat eingerichtet habe, das alle ihm bekannten noch leerstehenden Wohnungen Münchens erfasste. Hier wurden die in Scharen in der Stadt eintreffenden badischen und Pfälzer Juden zunächst untergebracht. Die jüdische Kultusgemeinde versorgte die Geflüchteten auch mit Lebensmittelmarken, auf die ein „J“ aufgedruckt war. In besonderen Läden, die oft weit entfernt waren, konnten die Armen einkaufen. Bereits 1940 begannen die Transporte nach Polen: Unter erbärmlichen Umständen konnten die Ausgewiesenen zunächst noch bei polnischen Juden wohnen, und man durfte ihnen auch Päckchen von zwei kg monatlich schicken. Wir hörten all diese schrecklichen Nachrichten, weil die Eltern mit etlichen Nichtariern befreundet waren.
In Milbertshofen waren im März 1941 alte Baracken aufgestellt worden, auch im Lohhof hinter Schleißheim kamen die Juden unter, mussten aber Zwangsarbeiten in der Rüstungsindustrie, auf den Feldern und in einer Flachsfabrik ableisten. Vom September an war das Tragen des gelben Sterns Pflicht, dem in einer dem Hebräischen ähnlichen Schrift das Wort „Jude“ aufgedruckt war. zehn Rpf. hatten die Juden für ihren Stern zu zahlen.

In diesem Winter häuften sich die Selbstmorde der Betroffenen, auch in unserer Nachbarschaft. Aber es gab auch Chancen für die Juden:
Der Postausweis für postlagernde Sendungen konnte ohne Ariernachweis auf den Postämtern bezogen werden. Er galt soviel wie die jederzeit bereitzuhaltende Kennkarte. Man ließ sich also ein paar eingeschriebene Briefe schicken, der Briefträger identifizierte einen, auf der Post wurden 50 Rpf. und ein Lichtbild abgegeben, und schon war das Wunder da: ein richtiger Ausweis! In München haben Hunderte von dieser Möglichkeit Gebrauch gemacht, viele Nichtarier konnten so noch kleinere Reisen unternehmen.

Schon ab 1937 wurde manches kontingentiert, nicht alle Waren waren in gewünschter Menge zu haben. Göring hatte 1936 einen „Vierjahresplan“ erstellt, der bis 1939 gelten sollte, Ernährungs- und Rohstoffprobleme, Benzinversorgung, Ausbau der Eisen- und Stahlindustrie sowie die Beschaffung dringend notwendiger Devisen standen im Vordergrund. Jedermann konnte ablesen, was das bedeutete. Parallel dazu standen die Aufrufe Baldur von Schirachs an die „wehrtüchtige Jugend", die „Gefolgschaft bis zum Tode" forderten. Der Heldentod war Pflicht geworden, wenn der Führer rief. Dabei wurde die Entindividualisierung immer mehr vorangetrieben, so dass sich die Lebensläufe der Jugendlichen glichen: Mit zehn Jahren ging man zum Jungvolk, mit vierzehn zur HJ oder zum BdM, mit neunzehn Jahren zum Reichsarbeitsdienst, dann folgten zwei Jahre beim Heer oder im Kriegseinsatz.

Irrationale Gefühle waren verpönt, nur der Führer durfte sie hervorrufen: „Das ist das Wunder unserer Zeit, dass Ihr mich gefunden habt unter so vielen Millionen. Und dass ich Euch gefunden habe, meine deutsche Jugend, das ist Deutschlands Glück!"
Auch die Arbeiter wurden geködert. Man hörte viel von deren Freizeitaktivitäten, von den Urlaubsreisen mit „Kraft durch Freude" (KdF).

Und so sang man:

Kraft durch Freude
fährt nach Helgoland,
jeder Deutsche muss mal an die blaue See!
Drei Mark achtzig,
ja das macht sich,
und den Rest bezahlt die NSDAP!

Urlaubs- und Erholungsreisen gab es für uns selten. Die Sommerferien zuhause oder bei den Grosseltern waren lang, manchmal langweilten wir uns gewaltig. Ich habe in diesen freien Zeiten viel gelesen.
Einmal im Sommer 1936 aber tauchten aus Wien jüdische Freunde meiner Eltern auf, die auf dem Auswanderungsweg nach Chile waren. Mit ihnen zusammen machten wir eine Zweitagesfußtour um den Starnbergersee, ein seltenes, mir unvergessliches Erlebnis. Übernachtet wurde im „Andechser Hof" in Tutzing, und hier hörten wir hinter vorgehaltener Hand, dass im Schloss Tutzing gegenüber Verfolgte, darunter Jesuiten, ein- und ausgingen. Ich ahnte zu dieser Zeit noch nicht, dass der damalige Besitzer des Schlosses, Dr. Albert Hackelsberger, zwei Jahre später im

Schlosshof verhaftet werden würde. Er ist aus einer langen Gestapohaft nicht wiedergekehrt. 1950 habe ich seinen Sohn Berthold geheiratet.
In diesem Sommer kulminierten die Filme, die von der Olympiade als dem „Fest der Völker, Fest der Schönheit" kündeten. Die Welt ließ sich noch einmal täuschen.
Schönheitsideale verkündeten aber auch die „artreinen" Ausstellungen im neuerbauten „Haus der Kunst": „Kennst Du das Haus? Auf Säulen ruht kein Dach!", witzelte man darüber. 1937 sah ich mit meiner Mutter dort zwei nebeneinander herlaufende Ausstellungen: Neben der gesunden, deutschen, wurde die „entartete Kunst" gezeigt. Solche einfache Schwarz-Weiß-Zeichnung war für den Beschauer höchst bequem und erleichterte den Unkundigen das Urteil. Verurteilt wurde der „Internationalismus der Kunst", das Deutschtum blühte, jedoch der deutsche Expressionismus galt als entartet. Beeindruckt wurde der Besucher durch ein riesiges Führerbild in Feldherrnpose, das das Volk später als „Gröfaz" bezeichnete, „größter Feldherr aller Zeiten."
Auf meinen Wanderungen durch die Stadt erforschte ich natürlich mit größtem Interesse die vielgerühmten Parteigebäude, das „Braune Haus", den Carlton-Tearoom, wo Hitler ab und zu zu sehen sein sollte, den „Königlichen Platz", den eigentlichen Kultplatz Münchens, mit dem Führerbau und dem Verwaltungsgebäude, dann das Mahnmal an der Feldherrnhalle, das man mit erhobenem Arm grüßen musste. Davor aber lag das „Drückebergergässchen", das besonders im Schnee deutlich die Fußspuren derer aufnahm, die lieber in die Theatinerstraße überwechselten, um nicht grüßen zu müssen. Einsam und starren Blickes stand der Posten an der Ewigen Wache, und wir Schulmädchen machten uns einen Spaß daraus, ihn durch unsere Blicke zu verwirren.
All diese Bauten dokumentierten unmissverständlich den Anspruch der Partei, sehr ernst genommen hat sie niemand.

Als aber 1938 der „Anschluss" Österreichs gefeiert wurde, brach in München Jubel aus: Bergkameradschaft, Heimattümelei, Verbindung mit dem Nachbarland spielten hier eine Rolle. Und schon wurde von Hitler der Anspruch auf die Tschechoslowakei postuliert. Mein Vater wunderte sich über die Untätigkeit Englands und Frankreichs, während Mussolini als „Friedensstifter" auftrat. So kam das „Vierertreffen" zustande, bei dem auch wir Angerschülerinnen in der Kaufingerstraße Spalierstehen mussten. Im offenen Wagen fuhren Chamberlain, Daladier, Hitler und Mussolini an uns vorbei, und die Heilrufe wollten kein Ende nehmen. Allgemein sah man dies Treffen als friedenspolitisches Zeichen an und war froh darüber, während in Wirklichkeit Hitlers Pläne bereits gemacht waren.

Sehr schmerzlich war für meinen baltischen Vater der Abschluss des „Nichtangriffspaktes" zwischen Hitler und Stalin am 23. August 1939. Hitler warf bedenkenlos das Baltikum dem Russen, nämlich Lettland und Estland, Litauen behielt er sich vor, in den Rachen. Die deutschen Balten hatten das Land zu verlassen und wurden in die Westbezirke Polens, den sogenannten „Warthegau" umgesiedelt. Eingewiesen wurden sie in Häuser und Bauernhöfe, aus denen man die Polen vertrieben hatte. Die „Umsiedlung" bezahlte man mit konfiszierten jüdischen Geldern. Stalin durfte das östliche Polen besiedeln lassen und konnte die baltischen Länder einnehmen, die mehr als 700 Jahre lang von Deutschen bewohnt worden waren.

Der Kriegsausbruch am 1. September 1939 hatte in München unterschiedliche Reaktionen ausgelöst. Auch in unserer Schule wurde nun viel vom „Vaterland" gesprochen, zu dem man, koste es, was es wolle, unbeirrt stehen müsse. Da sei kein Opfer zu groß. Die Blitzsiege zu Beginn verstärkten die allgemeine Euphorie. Nun saß „der Feind" für viele jenseits der Grenzen, und die oft kritisierte Innenpolitik verlor an Wertigkeit. Auch mir kam Deutschland, das ich liebte, vor wie ein lebendiges Wesen, das zu schützen war. Freilich stand ich auch da im Widerspruch zu meinen Eltern.

GLÜCK IN FREIBURG

Mein Vater hatte in den Wintermonaten 1943 eine Lesung seiner Erzählungen und Gedichte in einer Kirche in Freiburg halten können. Etliche Universitätslehrer hörten ihn, und beim anschliessenden Zusammensein besprach er mit ihnen meine Lage. Eine Zulassung zum Germanistikstudium war mir als Mischling verwehrt. Ich hatte es mir immer gewünscht. Tatsächlich aber verhalfen mir die Professoren von Dietze, Lampé und Gerhard Ritter im Mai 1943 mit einer fingierten Zulassung zum Studium. Und es begann etwas Neues für mich.

Manchmal denke ich, dass gar nichts in meinem ganzen Leben so hell geleuchtet hat wie der blühende Kastanienbaum am Freiburger Bahnhof, als ich am 4. Mai 1943, die Studienerlaubnis in der Tasche, nachmittags dort anlangte und mein Fahrrad aus dem Gepäckwagen holte.
Ich kannte die Stadt nicht und noch keinen ihrer Bewohner, ich hatte auch weder ein Zimmer noch viel Gepäck. Einige Adressen von Freunden und Bekannten hatten meine Eltern mir mitgegeben. Reinhold Schneider war darunter, der fromme Dichter, von dem mir eine Münchner Schulfreundin gesagt hatte: „Du, des is koa Mannsbild net, des is a Heiliger!“ Es ging damals im vierten Kriegsjahr die Legende um, dass der Stadt Freiburg nichts passieren könne, solange Reinhold Schneider in ihr wohne.
Ich kam aus München, mein Elternhaus im Vorort Solln war vor wenigen Monaten bei einem Bombenangriff total zerstört worden. Die Stalingrad-Katastrophe war da, eine tiefe Depression lag über Deutschland.
Ich war neunzehn Jahre alt, hatte schon einige Kriegsdiensteinsätze abgeleistet, und das beginnende erste Freiburger Semester kam mir vor wie eine wundervolle Verheißung.
„Oh, Freiburg, schöner Ort“, hatte Max von Schenkendorf einst geschrieben:

Wie fröhlich hier im reichen Tal,
die lieben Bäume stehen,
gereift an Gottes mildem Strahl,
geschützt von jenen Höhen.

Ihr Kirschen und ihr Käschten sollt
noch manches Jahr gedeih'n,
auch die Gutedel, fließend Gold,
auch du, Markgrafenwein ...

Ich besuchte den heimlichen Wächter und Behüter all dieser Schönheit, wie ich meinte, ich besuchte Reinhold Schneider, den Hotelierssohn aus Baden-Baden, einige Wochen nach seinem vierzigsten Geburtstag in seinem Haus in der Mercystraße. Dieser Besuchssonntag war überschattet von der Nachricht, dass Georg von Sachsen, der Thronerbe, der nach der väterlichen Abdankung Jesuit und Priester geworden war, ertrunken in der Havel bei Berlin aufgefunden wurde. Er war zweimal auch bei uns in Solln zu Gast gewesen, und für uns Kinder war es enttäuschend, statt des erwarteten Märchenprinzen den Ordensmann im alten umgearbeiteten Pelzmantel seines Vaters, des Königs Johann von Sachsen, vor uns zu sehen.
Schneider sprach angesichts dieses so unbegreiflichen freiwilligen Todes von der Disziplin des ignatianischen Soldaten, vom Opfer seines Lebens für das leidende deutsche Volk, von seiner persönlichen Freiheit und seinem Alleinsein im Angesicht des letzten Augenblicks. Er schien Parallelen mit seinem eigenen Leben anzusprechen, und die Düsternis dieses Nachmittags im Gegensatz zu dem leuchtenden Sommertag draußen bedrückte mich.

Bei einem nächsten Besuch, viel heiterer als der erste, erzählte Schneider, wieder in Anknüpfung an Georg von Sachsen, von der herrlichen Stadt Dresden, in der er als junger Mensch, kaufmännischer Lehrling in einer dortigen Druckerei, einige Zeit gelebt hatte. Sein gemietetes kleines Zimmer in Hellerau wurde streng von der Zimmerwirtin bewacht, die auch seine spärlichen Essvorräte in ihrer Küche aufbewahrte. Als sie einmal für drei Tage verreisen musste, fragte Schneider, wo er denn in ihrer Küche etwas Essbares finden werde? „Nu, Herr Schneider, im Speisegewölbe doch“, kam es im schönsten Sächsisch zurück. Es fand sich kein Futter und kein Speisegewölbe in der Küche. Bei ihrer Rückkehr wurde die Wirtin erneut befragt, wieder verwies sie auf das Speisegewölbe, öffnete den Küchenbalkon und wies auf eine umfängliche Drahtglocke auf dem Tisch. Darunter lagerten Schneiders bescheidene Wurst- und Käsereste. Das „Speisejewölbe“, wenn auch nicht das Grüne, war ein schönes Beispiel sächsischer Grossspurigkeit.

Schneider hatte in diesem Dresdner Druckerei-Kontor mit der Anfertigung von Ansichtskarten nach eingesandten Vorlagen von Gastwirten oder Bürgermeistern zu tun gehabt, ein absterbendes Geschäft, wie er traurig erzählte. Und draußen lief ein Leben ab, an dem er keinen Anteil hatte. Diese beginnenden zwanziger Jahre müssen eine schlimme Zeit für ihn gewesen sein, er habe viel gelesen damals, Nietzsche, Kant, Schopenhauer, und übermäßig sei in ihm der Wunsch nach Vergessen und Schlaf gewesen. Die Neigung zum Auslöschen des eigenen Lebens mag schon damals in ihm gelegen haben.
Menschliches Geschick sah er in der Geschichte verankert, und der Mensch war für ihn Opfer und Vollzieher in einem. Berühmt wurde sein Sonett:

Allein den Betern kann es noch gelingen,
das Schwert ob unsern Häuptern aufzuhalten.
Denn Täter werden nie den Himmel zwingen:
Was sie vereinen, wird sich wieder spalten.

Das Doppelhaus Mercystraße 2, wohl um 1870 erbaut, das Schneider mit seiner Lebensgefährtin Anna Maria Baumgarten in Freiburg bewohnte, liegt hoch über der Straße und hat nach Nordosten den Blick frei auf die Stadt mit dem Münsterturm in rotem Sandstein.

Du wirst nicht fallen, mein geliebter Turm.
Doch wenn des Richters Blitze dich zerschlagen,
steig in Gebeten kühner aus der Erde!

Die Freiburger Bevölkerung hielt sich an Schneiders Worte. Tatsächlich hat der Münsterturm den schweren Totalangriff auf Freiburg im Herbst 1944 unbeschadet überstanden. Reinhold Schneider war eine Legende, mehrfach wurde er auch totgesagt.

1938 war Schneider hier eingezogen. Seine beiden Zimmer erschienen mir wie dunkle Höhlen, düster und himmeltraurig, wenn auch draußen

das Sonnenlicht flutete. Aber die vielen Bücher, Bilder, die ausgewählten Möbel und Gerätschaften zogen mich immer an.
Der große Raum enthielt den Schreibtisch König Friedrich Wilhelms IV. aus dem Marmorpalais in Potsdam, den Kaiser Wilhelm II. Schneider zum Geschenk gemacht hatte, ein kraftvolles Bureau-Plat-Möbel mit Schubladen auf schweren Beinen, hineingestellt in die Bücherwände, die Schneider „meinen einzigen Besitz" nannte. Seinen anderen Schreibplatz erkannte ich nicht sofort: das war ein sehr hoher Ofen aus Delfter Kacheln, auf dessen Deckplatte hoch oben unter dem Plafond eine Briefwaage und eine kleine Leselampe standen. Auf meine Frage nach diesem Lämpchen so hoch da oben erhob sich Schneider lächelnd und stand nun da in seiner ganzen gewaltigen Länge von 2,04 Metern, legte die Ellbogen oben auf den Ofen und erklärte, das sei sein Stehpult. Geheizt wurde der Ofen vermutlich nie.
Unter den vielen Bildern fiel das große Porträt Schneiders von Leo von König auf, mit dem er während seiner Berliner Jahre befreundet war. Jugendlich kräftig erscheint Schneider da, die Hände lebendig bewegt, so wie ich ihn nie gesehen hatte. Er sitzt da beinahe behaglich auf einem Sofa und blickt den Beschauer heiter-nachdenklich an, während er sonst doch mehr mühsam vornüber hing oder halb lag.
Auch das Gehen bereitete ihm Mühe, ich habe ihn zuerst mit einem, später auch an zwei Stöcken gehen sehen.
Öfter war ich auch auf dem Balkon des Hauses, und wir schauten in den schönen alten Garten hinunter auf einen sehr geliebten Birnbaum, der später gefällt werden musste.
Nur hier, auf dem Balkon und wenigemale im Garten fand ich Schneider im Einklang mit der sommerlichen Fülle Freiburgs, wie sie mir als die eigentliche Wirklichkeit jener wundervollen Monate erschien, die ich dort zubringen durfte.
Im Hause Baumgarten-Schneider habe ich damals viele Gäste gesehen, Uniformen waren dabei, viele, die hofften, sich in diesen Zeiten bei ihm Rat holen zu können. Von manchen erfuhr man keinen Namen. Schneider stand wohl dem Kreisauer Kreis nahe, von dem geplanten Attentat muss er auch gewusst haben.
Ganz am Rande hörte ich von der Möglichkeit Schneiders, der ebenso wie mein Vater Publikationsverbot hatte, seine Schriften beim Alsatia-Verlag im deutsch besetzten Colmar zu verlegen. Dort wurden also die

unendlich vielen kleinen Heftchen gedruckt, die der Autor unermüdlich selbst verpackte, verschnürte und zur Post brachte und dahin, wo sie nötig schienen, versandte: an die Front, in die zerbombten Städte und durch Drittpersonen in die Gefängnisse.
Der Drahtzieher des Alsatia-Verlages, den ich mehrfach in der Mercystraße traf, war ein gewisser Joseph Rossé. Er galt als zwielichtige Figur, war länger in Haft gewesen und trug wohl Wasser auf beiden Schultern: das benachbarte Elsass war deutschbesetztes Gebiet, und Rossé schien ein Wanderer zwischen beiden Welten zu sein. Aber nur so ermöglichte er, der Papierzuteilungen bekam und Druckmaschinen zur Verfügung hatte, die Herausgabe der Schneiderschen Feldpostheftchen, die damals so kostbar waren. Rossé soll Flüchtlinge als Arbeiter eingestellt haben, vertriebene Klosterschwestern und Juden. Er tat, was möglich war, und sicherlich genoss er seine Macht. Der Elsässer Wein war wohl sein bestes Schmiermittel, damit hat er manchen, der ihm gefährlich werden konnte, in Schach gehalten. Er war ein Manager im modernen Sinn, aber, nach seinen Aufzeichnungen zu urteilen, auch ein perfekter Bürokrat. Zu seinem fünfzigsten Geburtstag soll er das Goldene Parteiabzeichen bekommen haben, später ist er nach jahrelanger Haft in Frankreich schwerkrank gestorben.
Schneider muss um alle diese Zusammenhänge gewusst haben. Die Zusammenarbeit mit der Alsatia brachte ihn auch vielerorts in ein schiefes Licht. Aber ihm ging es allein darum, Gefährdete und Notleidende mit seinen Schriften zu erreichen.

Nach dem Ende der braunen Herrschaft hat Schneider in Frankfurt den Friedenspreis des deutschen Buchhandels erhalten. Er wurde Mitglied im Ordenskapitel Pour le Mérite und konnte vieles veröffentlichen.
Ich habe ihn am 25. März 1958 im Hause meiner Eltern in Baden-Baden noch einmal wiedergesehen. Aber da hatte ich schon Kinder, die unruhig waren, und Schneider und mein Vater wollten ja ungestört miteinander sprechen. Mir blieb nur Schneiders müdes, verzagtes Gesicht in Erinnerung und sein etwas verquältes, beinahe entschuldigendes Lächeln, als wir uns verabschiedeten. Kurz darauf, am Karsamstag 1958 stürzte er in der Freiburger Kirchstraße so unglücklich, dass er am 6. April, dem Ostersonntag im benachbarten Lorettokrankenhaus an den Folgen einer Kopfverletzung verstarb.

Er liegt auf dem Baden-Badener Stadtfriedhof begraben, in der Stadt, wo er geboren wurde. Ganz in der Nähe befindet sich auch das Grab meines Vaters Werner Bergengruen, der sechs Jahre später in Baden-Baden gestorben ist.

Wenn ich damals während meiner drei Freiburger Semester 1943/1944 aus der dunklen Schneiderschen Behausung wieder hinunter in den Stadtkern zur Uni gelangte, erschien mir das jedesmal wie eine Befreiung. Hier waren Martin Heideggers Vorlesungen der Gegenpol, den ich ganz bewusst als solchen verstand. Hier beherrschte nicht der kirchliche Glaube das Denken und Sein, sondern der Meister forderte von uns „die Anstrengung des Denkens“, und man war versucht, dies Denken auch gegen die braunen Zeitläufe einzusetzen. Das wurde aber nie ganz erkennbar und Heidegger blieb für uns immer merkwürdig unverbindlich. Wieder war da ein großer Einsamer wie Reinhold Schneider. Den vorgeschriebenen deutschen Gruß mit ausgestrecktem Arm leistete er zu Beginn der Vorlesung im Audi Max nie, und er erschien mir wie ein Herrscher, der solche Attitüden nicht nötig hatte. Vielleicht lag aber darin auch der Stolz des Philosophen, der über den Zeiten stand. Darüber wurde viel gemunkelt.

Als ich Neuling am Freiburger Bahnhof angekommen war, hatte ich noch keine Bleibe, dafür aber die Adresse des katholischen Studentenpfarrers in der Tasche. Pfarrer Schäufele, der später Erzbischof wurde, war freundlich und wusste gleich, dass der Prälat Monsignore Kreutz, Präsident des Caritasverbandes, im Zuge der Wohnraumbewirtschaftung in seinem schönen Haus in der Möslesstraße zwei Zimmer abgeben musste. Mit dem Fahrrad war ich bald dort und bekam das eine. „Wenn ich nicht Prälat geworden wäre, möchte ich eine Mutter geworden sein“, meinte der hohe Herr, als ich mich als Studentin bei ihm vorstellte. Vom Frauenstudium hielt er nichts. Ich habe viel später, als ich drei kleine Kinder hatte, öfter an dies Wort gedacht, und wäre manchesmal lieber Prälat gewesen.

Es wurden drei glückliche Semester, die ich, entrückt von den braunen Zeitläufen in Freiburg zubringen durfte. „Die Wahrheit wird euch freimachen“, stand verheißungsvoll über dem Eingang zur Universität. Und die suchten wir, wenn wir Seminare und Vorlesungen besuchten, und horchten auf die leisesten Andeutungen unserer Professoren zur Zeitgeschichte. Ich absolvierte Walter Rehms Vorlesungen über die Romantik, schrieb eine ungelenke Seminararbeit über den „Römischen Brunnen" C.F. Meyers, hörte Archäologie beim vergnügten Walter Schuchhardt und genoss Gerhard Ritters weitgespannte Geschichtsvorlesungen. Ich fand Freunde und Gleichgesinnte, sang im Studentenchor bei Theo Egel in der Matthäuspassion mit, spielte in der Theatergruppe von Dieter Waldmann begeistert in der Elektra des Sophokles und wanderte sonntags mit Kommilitonen durch den Schwarzwald. Unser aller Freund war Dieter, später Autor des vielgerühmten Theaterstücks „Von Bergamo bis morgen früh", das Gründgens inszenierte. Er ist früh verstorben, zuletzt Regisseur am Südwestfunk, nachdem er eine Zeitlang in Argentinien gelebt hatte. Ich habe ihn ganz zufällig 1946 noch einmal in Bern wiedergetroffen.

Viele persönliche Beziehungen aus den glücklichen Freiburger Tagen sind mir erhalten geblieben, die dauerhafteste zu meinem späteren Mann Berthold Hackelsberger. Er gehörte zu jenen Bevorzugten, die nach einer schweren Kriegsverwundung vom Freiburger Lazarett aus ein Semester studieren durften, bevor man ihn im Herbst 1944 zum „Ersatz" nach Wien beorderte, wo die Kriegsversehrten auf Panzer eingesetzt wurden. „Da werdet ihr gefahren und braucht nicht zu laufen", sagte man ihnen.

Berthold war Heidegger-Schüler und erkühnte sich sogar, den einsamen Philosophen in seiner kargen Holzhütte in Todtnauberg zu besuchen. Er hatte gleich zwei Empfehlungen in der Tasche, der spätere Erzbischof Gröber und sein Sekretär Professor Welte waren in Messkirch Heideggers Freunde gewesen.
Der Hüttenbesuch verlief aber eher unverbindlich, Heidegger erzählte von der Messkircher Kinder- und Schülerzeit, und es müssen wohl nur wenig dunkel raunende Worte über die jetzige Zeit gefallen sein, die aber den jungen Soldaten tief beeindruckten und ein Leben lang begleiteten.

Wir Studentinnen hatten während der Semesterferien Kriegseinsatz zu leisten und mich verschlug es im Sommer 1943 nach Schönwald im Schwarzwald in die ehemalige Uhrenfabrik Wehrle, wo jetzt Zünder für Handgranaten hergestellt wurden. Man stand bis zu zehn Stunden am

Fließband und schob mit einer kleinen Zange die Feder an der Zünderöffnung von links nach rechts. Bald wurde ich „befördert“ und kam in die Versuchskammer wo, möglicher Sabotage wegen, jeder 100. Zünderverschluss auszuprobieren war. Der Explosionskrach war so laut, dass mir das rechte Trommelfell platzte, und bald darauf stand ich mit Gleichgewichtsstörungen wieder am Fließband.

Wir Freiburger Studentinnen hielten sehr zusammen, die Nachrichten vom Abfall Italiens nahmen wir gelassen hin, lediglich Rommel war uns interessant als letzter Stützpunkt in der norditalienischen Tiefebene. Im Sommer 1944, nachdem ich gerade das 3. Semester abgeschlossen hatte, kam eine neue Anweisung: Das Studium war abzubrechen, der Einsatz an den Vorbauten des Westwalls zu Schanzarbeiten stand bevor.
Und nun fuhren wir allmorgendlich mit geschultertem Spaten in LKW‘s nach Norsingen bei Freiburg, wo in der Sommerhitze Sand geschaufelt werden musste. Bald hatten die feindlichen Tiefflieger die Erdbewegungen erspäht und setzten ein. Dann lag man, das Gesicht im Sand, reglos auf dem Bauch im ausgehobenen Graben und bibberte. Es gab mehrere Tote.

Im Laufe des Sommers wurde in der Normandie der Atlantikwall gebaut, man erwartete Amerikaner und Briten. Berthold warnte mich, schleunigst solle ich ohne Abmeldung vom Dienst aus Freiburg wegfahren. Wir brachen gemeinsam auf in überfüllten Zügen, er nach Wien zum „Ersatz“, ich ohne Abmeldeschein nach München, wo ich vielleicht bei Freunden würde wohnen können. Wir trennten uns in Augsburg und ahnten nicht, dass wir uns erst drei Jahre später wiedersehen würden.

WIEDER IN MÜNCHEN

Dass mir die Reise von Freiburg nach München gelang, war ein echter Zufallstreffer. Damals war eine Reisebescheinigung mit Ziel- und Zweckangabe obligatorisch, die hatte ich nicht. Unser Abteil war von Günzburg an überbelegt, die Unterhaltung drehte sich um die Bewilligungsscheine. Einzig eine schöne Blondine sprach nicht mit, und gefragt, wohin denn ihre Reise gehe, antwortete sie kurz: „Ich fahre zur Begattung." Da antwortete niemand, wahrscheinlich dachte jeder Mitreisende angestrengt darüber nach, was wohl diese Auskunft bedeuten solle. Erst viel später erfuhr ich, dass es in Süddeutschland sogenannte „Ordensburgen" gab, wo junge blonde SS-Leute oder blauäugige HJ-Führer mit ausgewählten Arierinnen reinrassige Kinder zeugten, die Hitlers Rassevorstellungen erfüllten. Diese Organisation hieß „Lebensborn".

Alte Sollner Freunde nahmen mich bereitwillig auf, ein Zimmer konnten sie noch abtreten, verlangten aber Lebensmittelkarten. Deren Zuteilung war abhängig vom nachzuweisenden Arbeitseinsatz, der wiederum nur mit dem polizeilichen Abmeldeschein aus dem Herkunftsort vermittelt wurde. Meine Lage war prekär, die zuständige Stelle wies mir eine Verpflichtung zu, die mir im Oktober 1944 gefährlich zu sein schien: „Sie können im Lager Lohof gefangene Russinnen bewachen." Ein Gewehr würde mir natürlich gegeben werden. Ich lehnte ab und bat um einen Tag Bedenkzeit.
Zufällig traf ich am Nachmittag eine ehemalige Mitschülerin, die mir mitteilte, soeben beginne an der Pädagogischen Hochschule in München-Pasing ein Schnellehrgang für zukünftige Lehrerinnen an Volksschulen. Man müsse allerdings eidesstattlich versichern, ab März 1945 einsatzbereit zu sein. Das sah ich auch für mich als Wink des Himmels an, einen Kriegseinsatz zu leisten, der mir sinnvoll erschien. Was im März 1945 sein würde, war ja gänzlich ungewiss.
Am Sekretariat der Pasinger Hochschule wurde ich abgewiesen: „Ohne Ariernachweis ist leider keine Teilnahme möglich. Versuchen Sie eine Sondergenehmigung im Kultusministerium am Salvatorplatz zu bekommen."

Meine Sollner Freunde rieten mir ebenfalls dazu, und anderntags stand ich in einem feudalen Zimmer einem Beamten mit Parteiabzeichen gegenüber. Ich erklärte ihm meine Lage und bat ihn, am Lehrgang für die Zeit nach dem Endsieg teilnehmen zu dürfen. „Ausgeschlossen", konterte der hohe Herr. „Kulturarbeit kann nur von Ariern geleistet werden!"
Da kommt mir plötzlich ein Gedanke, und mutig stehe ich von meinem Sitzplatz auf: „Wenn Sie mir jetzt helfen, vielleicht kann ich Ihnen dann auch einmal behilflich sein?" Er versteht wortlos, setzt sich hin und schreibt mir einen Erlaubnisschein aus, den er unterstempelt. „Gehen Sie", sagte er barsch, da bin ich schon draußen – unbegreifliches Glück!
Und so kam ich zur polizeilichen Anmeldung, zu Lebensmittelkarten, wenn auch in winzigen Rationen, und zu einer neuen Lebensstellung: Lehrerin nach dem Endsieg. Das Papier an Eidesstatt konnte ich bedenkenlos unterschreiben. Einige Tage später begann schon der Unterricht. Die Studentinnen in Pasing waren einfach gestrickt, lernbegierig, auf Durchhalten programmiert, ohne dass je eine kritische Distanz zum Zeitgeschehen laut wurde.

Die Pädagogische Hochschule in Pasing hatte schon seit 1910 bestanden, 1935 werteten die NS-Behörden sie zur „Hans-Schemm-Hochschule für Lehrerbildung" auf. Hitler allerdings hielt nicht viel vom Lehrerstand. Nicht Wissen, sondern Ertüchtigung des Körpers wollte er gelten lassen. Im Zuge der Neubildung des Schulsystems im Dritten Reich wurde damals eine Straffung der Schultypen unter Gleichschaltung der Bildungsziele vorgenommen, und die Bedeutung gymnasialer Erziehung trat hinter einem vereinfachten Schulsystem zurück.
Die bisher zur Hochschule gehörenden Bildungsanstalten, Volksschule, Realschule und Gymnasium hatten ohnehin wegen Lehrermangels vom September 1944 an ihren Betrieb fast ganz eingestellt. Hans Schemm, nach dem die Anstalt seit 1935 hieß, war der Gründer des nationalsozialistischen Lehrerbundes. 1933 wurde er bayerischer Kultusminister und verstarb schon 1935.

Mein neuer Schulweg erwies sich aber als Vabanque-Spiel: Vom Bahnhof Solln aus musste der Münchner Hauptbahnhof erreicht werden, der war zu überqueren zum Starnberger Bahnhof hin, wo der Vorortzug nach Pasing abging. Gültige Fahrpläne gab es kaum, die Luftangriffe nahmen täglich zu. Oft saß man irgendwo im Luftschutzkeller und kam nicht weiter. Aber da der Lehrstoff bis auf das Fach Pädagogik für mich nicht neu war, konnte ich den Winter über mithalten und Ende Februar 1945 das Schnellexamen bestehen. Für das sich anschließende geforderte Praktikum hatte ich mich an die Volksschule Achenkirch in Tirol gemeldet. Damals gehörte Tirol noch zum Großdeutschen Reich. Hier hatten meine Eltern nach unserer Ausbombung im September 1942 Unterschlupf gefunden, weitab von den Behörden und endlich in Sicherheit. Wohl war meine nichtarische Mutter schon zweimal vom Dorfpolizisten ob ihres fehlenden Ariernachweises verhört worden, aber Werner Bergengruen hatte ihn jedesmal eloquent abfertigen können, und der einfache brave Mann glaubte ihm auch.

ACHENKIRCH

Die Stille im Achental, das ländliche Jagdhaus am Nordzipfel des Achensees, die Ausgrenzung aus dem täglichen Gefahrenkreis – all das beflügelte meinen schreibenden Vater, der aber allabendlich im benachbarten Gasthaus die Nachrichten hörte, und nicht nur aus dem deutschen Volksempfänger, sondern in der Schlafstube der Gastwirtin auch den Sender Beromünster, den die Mitverschworene ihm nach einiger Vorsicht konzedierte.
Es war Bergengruens produktivste Zeit, ohne Telefon, selten eintreffender Post, kaum durch Besucher gestört, inmitten großartiger Natur, ungestört arbeiten zu können. Für die Schublade wollte er schreiben, um nach dem Kriegsende mit etwas Neuem auftreten zu können.
Vor allem Lyrik schrieb er damals, zahlreiche Balladen, die man heute „Erzählgedichte“ nennt. Novellenstoffe lagen bereit, vor allem aber wollte er nach dem erzwungenen Schweigen politisch tätig werden. Dass er zum Kriegsende noch für kurze Zeit zum „Volkssturm“ nach Gossensass einberufen wurde, war zu verschmerzen.
Im Sommer 1944 entstand ein ganzer Zyklus politischer Lyrik unter dem Titel „Dies irae“. Einiges daraus hat Bergengruen damals schon im engsten Freundeskreis vorgelesen, sei es im nahen Pertisau, sei es Freunden, die zu Besuch kamen. Das war gefährlich, und so wurden die handschriftlichen Blätter unter den Holzstößen im Schuppen aufbewahrt. Im Frühjahr 1945 konnte der Zyklus „Dies irae“ im Münchner Verlag Kurt Desch als eines der ersten Bücher nach dem Krieg erscheinen. Berühmt wurden vor allem zwei Gedichte:

Die letzte Epiphanie
und *An die Völker der Erde,*

beide vielfach besprochen und diskutiert.

Als ich Ende Februar nach meinem Examen über Jenbach in einem LKW mit Holzvergaser hinauf an den Achensee kam, hatte ich als Kostbarkeit aus dem abgestützten Keller unseres Sollner Hauses trotz „Betreten verboten“ noch einige Briketts und zwei Einmachgläser mit Bohnen im Gepäck und war stolz darauf.

Im Jagdhaus gab es schon Einquartierung, Ungarndeutsche aus dem Banat waren das, in tiefschwarzen Gewändern. Sie waren fest davon überzeugt, dass „unser Führer“ sie bald in die Heimat zurückführen würde. Bald wurden sie in Lager abgeholt. Dafür kamen nun Soldaten und Flüchtlinge aus dem Inntal nach Achenkirch hinauf, und vom deutschen Militär wurde auch das Jagdhaus beschlagnahmt, um dem kommandierenden General Hahm der Heeresgruppe Süd und seinem Stab als Quartier zu dienen.
Der kam, gab sich siegessicher und besprach sich nächtelang mit meinem Vater, der anderer Meinung über das Kriegsgeschehen war. Gottlob hatten wir fünf Bergengruens im Haus bleiben dürfen, es war weiträumig genug. Die Amerikaner standen nun nur noch fünfzehn km entfernt am Tegernsee. In jedem unserer Zimmer hausten jetzt Soldaten, die sich nur verschlafen die Augen rieben, als meine Mutter ihnen am 30. April in die Stuben rief, der Führer sei gefallen. Das machte aber niemandem Eindruck mehr. Die Feldküche ernährte uns alle, und mein Vater entkorkte die letzte Flasche Wein. Am 6. Mai klarte das Wetter auf, und unser General prophezeite jetzt amerikanische Tieffliegerangriffe. Aber es platschten nur einige Bomben in den Achensee, dann war alles vorbei.
Zwei Tage später wurde aus allen Sendern der Waffenstillstand verkündet, und meine Eltern hissten die schon zuvor genähte österreichische rot-weiße Fahne auf dem Balkon zum See hin. Ein weißes Bettuch und ein Fetzen roter Stoff – waren plötzliche rotweiße Zeiten in Onkel Toms Hütte, war das Siedlerfest vor 1933 wieder ausgebrochen? Der braune Spuk war vorbei. Vor dem Haus hielt ein prächtiges amerikanisches Militärauto, wohlgenährte Offiziere in tadellosen Uniformen stiegen aus und berieten sich im Jagdhaus Schönburg mit dem General. Der musste weichen, Amerika zog ein. Das Haus wurde nun wieder beschlagnahmt, die Deutschen waren Gefangene, ein langer grauer Zug von Soldaten setzte sich nach Norden in Bewegung. Uns war trotz aller Erleichterung zum Weinen zumute.
Wir zogen in ein kleines Haus oberhalb des Berghangs und wurden als Deutsche in Österreich bald zur Landarbeit verpflichtet. Zunächst habe ich mein Lehrerpraktikum in der Volksschule Achenkirch ableisten können. Den Sommer über gab es für Deutsche wenig Geld, wenig Lebensmittel und man hatte sich an eine fünf km-Sperrzone zu halten. Die Amerikaner wurden durch Franzosen und Marokkaner als Besatzer abgelöst.

AUFBRUCH IN EIN FERNES LAND

Im Herbst 1945 erhielt ich eine Einladung zum internationalen Studententreffen in Alpbach/Tirol, wo mein Vater aus seinem Zyklus „Dies irae" lesen sollte. Wir bekamen ein Permit für die kurze Fahrt dorthin und waren begeistert: internationales Treffen, das war etwas Neues. Die Brüder Otto und Fritz Molden aus Wien hatten die Tagung organisiert, ihre Mutter, die Schriftstellerin Paula von Préradovic war 1943 und 1944 schon zu Besuch bei meinen Eltern gewesen.
Franzosen und Schweizer waren die Mittelpunkte für uns Deutsche und Österreicher. Franzosen kannten wir schon, Schweizer hatte ich noch nie gesehen. Vergnügt und sorglos bewegten sie sich unter uns, schenkten Nescafé aus und schienen von einem anderen Stern zu kommen. Über Dritte konnte mein Vater Beziehungen zu einem jungen Züricher Verleger anknüpfen, Peter Schifferli hieß er, und bot ihm einen losen „Vorvertrag" zur Herausgabe der gesamten Bergengruen-Werke im jungen Verlag „Arche" an. Die Hamburger Hanseatische Verlagsanstalt, bei der Bergengruen früher publiziert hatte, gab es nicht mehr.
In der heiteren und unbeschwerten Alpbacher Woche lernte ich viele Menschen kennen, deren Anschauungen mir fremd waren. Die stämmigen Schweizer mit ihrer kehligen Sprache erzählten, man habe in der Schweiz ja während des Krieges wie unter einer Glasglocke gesessen, ohne an den weltbewegenden Ereignissen teilhaben zu können. Als Soldaten standen sie auf der Rheinbrücke, und nichts geschah.
Ein Schweizer, der Medizinstudent Christian Müller aus Bern, lud mich sogar zum Weiterstudium an der dortigen Universität ein, falls ich ein Visum bekäme. Aber als Deutsche in Österreich hatte ich weder Pass noch sonstige Ausweise. Lediglich eine „Kleiderkarte" zum Bezug von „Spinnstoffwaren" in Rot mit Adler und Hakenkreuz war mir noch geblieben. Luise Bergengruen, Jg. 24, weiblich, stand darauf verzeichnet.
Durch das Alpbacher Treffen ergaben sich für meinen Vater verheissungsvolle neue Ansätze. Obwohl die Post noch lange nicht funktionierte, konnte er über Dritte dem Vorvertrag Schifferlis zustimmen. Den Militärbehörden war er jetzt kein Unbekannter mehr, die drohende Abschiebung ins Lager nach Kufstein, wo alle Deutschen ohne festen Wohnsitz und Heimatort zunächst bleiben sollten, wurde abgewendet.

Für mich war es wiederum ein großes Glück, dass ich nun zum Wintersemester 1945/46 in Innsbruck einen Studienplatz bekam, dazu einen Schlafplatz in der Wohnung einer gütigen alten Dame. Ein neues buntes Leben begann, wir waren glücklich und optimistisch, obwohl gehungert wurde wie nie zuvor. In unserer Straße eröffnete sogar ein Friseurladen, und da ich gerne etwas gepflegter aussehen wollte, meldete ich mich dort an. Die Bedingungen, die mir da gestellt wurden, waren zahlreich: Mitzubringen waren zwei Briketts zum Heizen, eine Milchkanne mit warmem Wasser, ein frisches Handtuch, ein Kamm und Seifenreste. Die Schere wollte die Inhaberin selbst stellen. Ich musste von dem Vorhaben Abstand nehmen, nicht alle Wünsche konnte ich erfüllen.
Eines Tages erzählte mir ein Innsbrucker Student, der auch in Alpbach gewesen war, die Eidgenössische Technische Hochschule Zürich habe zehn namentlich genannte österreichische Studenten für eine Woche eingeladen, man reise auf Sammelvisum Ende Januar. Mädchen seien keine dabei. Das alles elektrisierte mich. Ob man an der Schweizer Grenze die Reisenden wohl abzählen würde? Was für Papiere brauchte man für einen Besuch in der Schweiz? Ich war noch nie im Ausland gewesen, von Zollformalitäten hatte ich keine Ahnung.
Auf dem Innsbrucker Schwarzmarkt vertauschte ich heimlich einen alten Luftwaffen-Uniformmantel gegen einen Pappkoffer, ein Schloss war defekt. Ich überprüfte meine Habseligkeiten, man konnte ja nie wissen: Zwei Garnituren Unterwäsche, eine Bluse mit Kurzarm, ein weiterer Uniformmantel feldgrau mit aufgenähtem Samtkragen, eine blaugraue Luftwaffenhose, zwei Paar dicke Wollsocken, schwarze Stiefel und ein Paar Gummisohlen, ausgeschnitten aus alten Tennisschuhen, vielleicht zum Besohlen geeignet, dazu eine Luftaufnahme von München und Umgebung, Solln war auch drauf. So ausgerüstet fand ich mich am 30. Januar frühmorgens am Innsbrucker Bahnhof ein. Ich wurde mit Hallo empfangen, aber auch eindringlich gewarnt, denn es waren zwei gefährliche Klippen zu überwinden: Eine Ausreisegenehmigung hatte ich den französischen Militärs nicht vorzuweisen, und für die Schweizer Grenzer auch keine Einreiseerlaubnis. Aus meiner Kleiderkarte von 1943 hatte ich das Hakenkreuz mit einem Küchenmesser herausgekratzt, die Personalien „Luise Bergengruen, Jahrgang 24, weiblich“ schienen mir auch unzureichend. Ohne Pass, ohne Visum, ohne Geld -- wie sollte das gut gehen?
Aber an der Schweizer Grenze in St. Margarethen geschah das Wunder:

Zwar wurde von beiden zuständigen Seiten das Sammelvisum sorgfältig geprüft, aber abgezählt wurden wir nicht, stattdessen überreichten die Schweizer Zöllner jedem von uns eine wirkliche echte Banane und lächelten freundlich. Mit der SBB fuhren wir nach Zürich, wo wir erwartet wurden. Über die traumhaft erleuchtete Bahnhofstraße mit den glitzernden Schaufenstern marschierten wir zur Jugendherberge. Ein Freund vom Alpbacher Treffen her, Kuno Raeber aus Luzern, der so wundervolle Verse machen konnte, war an meiner Seite und trug fürsorglich den Pappkoffer. Und da, ausgerechnet vor dem eleganten Laden Seiden-Grieder, platzte auch das zweite Kofferschloss, und der klägliche Inhalt lag mitten auf dem Trottoir. Ich habe das Beschämende an dieser Lage nicht erkannt, aber Kuno Raeber hat mir später gestanden, wie furchtbar peinlich ihm das Einsammeln meiner Schätze inmitten der Passanten gewesen sei.
Anderntags telefonierte ich mit geliehenem Geld nach Bern: Professor Dr. Max Müller, Direktor der Heil- und Pflegeanstalt Münsingen bei Bern, der Vater jenes Christian Müller, kam nach einiger Wartezeit an den Apparat. „Fräulein Bergengruen, Deutsche? Und die Fremdenpolizei?" Ich erschrak, von solch einer Institution hatte ich noch nie gehört.
Aber es fielen auch beruhigende, beinahe väterliche Worte: „Entlehnen Sie Geld und kommen Sie nach Bern, ich hole Sie, wenn Sie mir den Zug telefonisch ansagen." Und da stand er leibhaftig am Bahnhof Bern, schloss mich in die Arme, nannte mich „armes Chind" und sagte mir Du. Gegenüber wartete sein Renault.

Professor Dr. Max Müller, Bern

BLICK ZURÜCK

Achenkirch hatte ich hinter mir gelassen, aber meine Eltern wähnten mich noch beim Studium in Innsbruck. Telefon- und Postverbindung gab es nicht im Januar 1946, Gerüchte drangen aber doch hinauf an den Achensee und meldeten, die Tochter habe versucht, ohne Ausweispapiere französisches Militärgebiet zu verlassen und säße jetzt oberhalb Innsbruck im Hungerturm in Polizeigewahrsam.
Aber schon einige Tage später reiste ein Abgesandter Peter Schifferlis ins Jagdhaus und überbrachte beruhigende Nachrichten aus Zürich und Bern. Betrübliche Neuigkeiten bekam mein Vater jedoch vom Norden. Aus Berlin-Biesdorf berichtete eine Ärztin vom Tod unseres Großvaters aus Danzig-Langfuhr, der als HNO-Arzt schon vor dem Ersten Weltkrieg aus Riga ausgewandert war und nun im Februar 45 mit einem der letzten Schiffstransporte über die Nehrung nach Westen kam:

> *Ihr Herr Vater wurde in allgemein schwer erschöpftem Zustand hier zusammen mit anderen Flüchtlingen eingeliefert. Eine verklärte Heiterkeit, die ihn scheinbar ganz erfüllte, ließ ihn die vergangenen Ereignisse und die Umgebung alter, kranker Leute hier nicht in ihrer eigentlichen Schwere empfinden. Er sah alles in einem vergoldenden Licht, war freundlich und dankbar und anspruchslos und immer glücklich, wenn man an sein Bett trat, mit ihm zu plaudern. Er erwähnte von den Ereignissen der Flucht nichts – es war, als sei dies alles aus seinem Gedächtnis geglitten, und wir haben ihn auch nicht daran erinnert. Er hatte jedesmal – noch bis zuletzt – die bezaubernde Geste des alten Kavaliers, der seiner Dame den Hof macht – seiner augenblicklichen Situation dabei völlig enthoben.... Er lebte in der sicheren Erwartung sich zu erholen und dann zu Ihnen zu gelangen – die Schwierigkeiten der Reise zu Ihnen machte er sich nicht klar. Er versank immer mehr in ein entspanntes, glückliches Müdesein. Abends ging ich regelmäßig zu ihm, er freute sich dann. An den letzten beiden Tagen vor seinem Tode schlief er allmählich immer tiefer – als ich am vorletzten Abend an*

sein Bett trat, hatte er das gleiche bezaubernd glückliche Lächeln – versuchte die Augenlider noch zu heben – es wollte ihm aber nicht mehr gelingen.

Werner Bergengruen schreibt zu diesem Lebensende:

Auf seine allzu große Gebundenheit an das Vergangene antwortete das Schicksal mit dessen vollkommener Auslöschung. Alle Manuskripte, Aufzeichnungen, Unterlagen, Briefe gingen zugrunde. Zugrunde ging aller alte, schöne Hausrat, der fünf, der sechs Generationen gedient und alle Umzüge und Neuanfänge eines viel umgetriebenen Lebens überdauert hatte, zugrunde die Bilder, die ererbten, geschichtsreichen Pretiosen, das alte Silber, die Münzsammlung meines Großvaters, die Bücher aus dem Nachlass meines Urgroßvaters, unter denen sich erste Ausgaben von Goethe, Lessing, Claudius befanden. Ausgeplündert und vertrieben, starb er den Tod eines Bettlers. Er, der Schmuckfreudige, hinterließ keinen von seinen Ringen, keine Uhr, kein Stück Wäsche, nicht einmal ein Hemd, nichts als eine Krawattennadel und eine winzige Summe Geldes. Er ist ohne Sarg begraben worden.

Mit diesem Großvater war ich zu „Zwieselchens" – Zeiten im Berliner Zoo gewesen, in Berlin hatten uns Paul und Helene Bergengruen noch öfter besucht, auch in Solln waren sie noch bei uns gewesen. Als älteste Enkelin durfte ich einigemale in den Sommerferien mit der Bahn von Berlin aus durch den „Polnischen Korridor" zu ihnen nach Danzig reisen, das letztemal im Sommer 1935. Zollformalitäten zeigten damals den „Freistaat Danzig" an, denn der stand seit 1920 unter dem Schutz des Völkerbundes und war vom Reich abgetrennt. 90 % der Bevölkerung war damals deutsch. 1945 ist der mittelalterliche Stadtkern Danzig durch Bomben fast völlig zerstört worden, heute wunderbar wieder aufgebaut. Vierzig Kirchen hatte die Stadt noch, als ich Kind war, St. Joseph, St. Johann, die Katharinen-, die Barbarakirche, Bartholomä, St. Elisabeth, Nicolai, Peter und Paul und Trinitatis kann ich noch aufzählen. Mit dem Großvater war ich auch in der Bischofskirche in Oliva gewesen, wo die große Orgel stand mit den beweglichen Engelsfiguren zum großen Entzücken der Zehnjährigen.

Enkelin und Grossvater
im Berliner Zoo mit einem
lebendigen Löwenbaby

Das große schwere Krantor an der Nogat mit dem schweren Hebetau, um einen dicken Baumstamm gewickelt, ist mir noch in Erinnerung, vor allem aber sind es die wuchtigen Stadttore, im Westen das Hohe und mitten in der Stadt das Grüne Tor, dahinter die Mottlau, ein Nebenfluss der Weichsel. Da stand auch die Sternwarte, die von Herrn Hewelke behütet wurde, Astronom, Bauherr und Gastwirt. Meine Großeltern kannten seine Witwe noch, die erzählte, dass ihr Papagei, als der verstorbene Hewelke aus dem Haus getragen werden sollte, laut gerufen habe: „Herr Hewelke, nu gonn wi!"

In meinen frühen Ferienzeiten gab es noch den Danziger Gulden, eine eigene Währung, man rechnete aber in Groszy oder Reichspfennigen ab. Täglich fuhren wir morgens nach Brösen an der Ostsee zum Schwimmen, nachmittags manchmal ins Casino nach Zoppot zum eleganten Kaffeetrinken. In der Mietwohnung meiner Großeltern im Steffensweg ging es einfach zu: Immer waren baltische Verwandte zu Gast, die Mittel waren für Emigranten aus Riga und dem ländlichen Kurland eher begrenzt.

Das Kriegsende haben die Großeltern im Kellergeschoss erlebt, die Großmutter soll in eine braune Wolldecke gewickelt im Garten verscharrt worden sein. Danach ging der Grossvater auf die Flucht nach Westen.
Dass der große Krieg 1939 auf der polnischen „Westernplatte“ nahe bei Danzig begann, einer Halbinsel an der Weichselmündung, hat mich Tränen gekostet, aber niemand ahnte noch, was kommen würde.
Zuvor aber war ich glücklich mit diesem Großvater, er wusste schnurrige Geschichten zu erzählen, gab mir lustige Rätsel auf, für deren Lösung man sich anstrengen musste, und wusste von den alten baltischen Zeiten zu berichten, als der Vater Werner noch ein Kind war. Ich war verzaubert und liebte ihn.

VORWÄRTS IN BERN

Ich versuchte in Bern, abzustreifen, was eben noch auf mir gelegen hatte. Ich war verwirrt, alles war unbekannt, ich fühlte, wie unerfahren ich war. Die Sprache war fremd, wenn sie auch ans Badische erinnerte, das ich in Freiburg gehört hatte. In der Familie Müller, Vater, Mutter, Christian und zwei jüngere Schwestern, wurde ich sehr liebevoll aufgenommen, ich war Kind im Hause, allerdings vorerst noch in Quarantäne, denn mein Hochdeutsch hätte wohl so kurz nach Kriegsende draußen doch feindliche Gefühle hervorgerufen. Gottlob hatte ich immer schon instinktiv andere Sprachallüren leicht angenommen, und meine Gastfamilie gab sich alle Mühe, um mich im „Bärndüütschen“ fit zu machen. Erst nach Ostern würde ich, auf die Fürsprache Professor Müllers, zum Sommersemester mit einem Stipendium an die Uni gehen können.
Die Fremdenpolizei war beschwichtigt worden, und man versprach mir sogar einen Ausländer-Ersatzpass.
Das Leben in der geräumigen Direktorenwohnung der Anstalt Münsingen war unterhaltsam: Ärzte, Assistenten, Patienten und zahlreiche Gäste des Hauses lernte ich kennen, und man begegnete mir mit Freundlichkeit und oft auch teilnehmender Nachsicht.
Der Februar verging, ich parlierte schon ganz flott im Schweizer Jargon, da telefonierte ich mit Peter Schifferli in Zürich, der inzwischen versucht hatte, für meine Eltern „ aus beruflichen Gründen“ ein Schweizer Einreisevisum zu erlangen. Er erzählte von seinem Verlag „Die Arche“, die aber vorerst aus zwei Zimmern an der Frauenmünsterstraße bestand, wo er und eine Schreibkraft mit den Anfängen kämpften.
Das interessierte mich als gewesenem Buchhändlerlehrling, und so fragte ich ihn, ob ich nicht für vier Wochen in der Arche praktizieren dürfte? Er war bereitwillig, ich müsse mir nur eine Unterkunft in Zürich beschaffen, eine Bezahlung sei ihm allerdings nicht möglich.
Ich beriet mich mit Papa Müller, die familiäre Anrede hatte man mir inzwischen angeboten, wohl um mich heimischer zu machen, der mir vorschlug mit Schweizer Franken auszuhelfen, da ja meine Eltern irgendwann kommen würden.
Wegen einer Unterkunft rief ich kurzerhand in Zürich den Germanisten Professor Emil Staiger an, der schon während des Krieges mit meinem

Vater in brieflichem Kontakt gestanden hatte. Er schien recht überrascht über mein Ansinnen, den Monat März über Schlafgast seines Hauses zu sein, das ihm übrigens Max Frisch, Architekt und Schriftsteller erbaut hatte. Aber seine Familie stimmte wohl zu, und so reiste ich eines Morgens mutig nach Zürich, wieder einmal Neuland zu erobern.

Werner Bergengruen und sein Verleger Peter Schifferli

Peter Schifferli, eigentlich Jurastudent, war so recht ein Mann der ersten Stunde. Seine Idee, inzwischen heimatlose deutsche Schriftsteller unter dem Schutz der Arche zu versammeln, war richtig und hat ihm Erfolg gebracht. Freilich war die Gunst der Stunde auch dem Umstand zu verdanken, dass die Schweiz harte Währung hatte, während man in Deutschland an eine Währungsreform noch gar nicht dachte. Da waren die Warenregale leer, zu kaufen gab es eigentlich nichts, während uns vor den prächtig gefüllten Schaufenstern in der Schweiz die Augen übergingen. Erreichbar waren die Herrlichkeiten für uns aber nicht.

Schifferli ging mit Elan an seine Aufgaben, er hatte neue Ideen für das Verlagsgeschäft, und dass er ein wirklicher Liebhaber der Literatur war, beflügelte ihn täglich. Allmählich begann der Postbetrieb nach Deutschland und Österreich zu funktionieren, und brieflich ergaben sich mit den Schriftstellern der Nachbarländer erste Kontakte. Der Verlagsneuling sandte aber auch Reisende aus, Freunde, Mitstudenten, und er rumorte gewaltig, um das zähe Bürokratentum zu überwinden, das die vierfache Besetzung Deutschlands mit sich brachte. Da konnte ich ihm manches berichten. Viele Briefe habe ich getippt, aber meine Buchhändlererfahrungen aus München waren hier nicht zu gebrauchen. Dass man freizügig handeln konnte, war neu für mich, von einem, damals noch so bescheidenen Management hatte ich keine Ahnung. Schifferli erklärte bereitwillig, und wenn er später behauptete, er habe das Büchermachen von Werner Bergengruen gelernt, mit dem er so viele Jahre wirklich befreundet war, so gab ich ihm von meiner Seite gerne zurück, die Stunde Null der Verlegerei am Schreibtisch in der Frauenmünsterstraße habe mich erst das ABC gelehrt. Ich hatte feste Dienststunden und hielt sie eisern ein. Mittags ging ich ins nahe Restaurant „Select“, meine Barschaft reichte meist nur zu Kaffee und einem sogenannten „Zwänzgerstückli“, das für mich jeweils das Beste am Tag war: ein köstliches Gebäck, ähnlich etwa den Petit fours, das wirklich nur zwanzig Rappen kostete. Aber dabei ist es nicht geblieben. Ab und an traf man dort auch einzelne deutsche Landsleute, die ebenso unsicher tappend die Schweizer Verhältnisse bestaunten. Mit einem von ihnen ging ich zum „Sechseläuten“, dem Frühlingsfest der Züricher mit zahlreichen Volksbelustigungen. Als wir, wohl etwas dérangé, zu später Stunde mit der Trambahn zurückfuhren, wollte ich mit meinem neuerworbenen Schweizerdeutsch vor meinem Begleiter angeben und fragte den Züricher Trambahnschaffner forsch: „Was isch für Ziit?“ Da schaute der mitleidig auf uns zwei übermüdete Gestalten und meinte lakonisch: „Defizit!“

Abends bekam ich bei meinen Gasteltern Staiger ein warmes Abendessen, aber sie blieben mir eigentlich fremd. Gespräche über Literatur unterblieben, wie ich sie mir gewünscht hätte, und natürlich war ich dem Germanisten auch keine Gesprächspartnerin. Er blieb meist unsichtbar in seiner Gelehrtenstube.

Peter Schifferli schrieb mir nach diesem Volontariat ein wohlwollendes Zeugnis aus, und ich war fest entschlossen, die Empfehlung, wenn irgend möglich, auch weiterhin wirksam werden zu lassen. Meine Schulden bei Papa Müller beliefen sich inzwischen auf über 100,-- Franken, meine Kleidung samt Schuhwerk war miserabel, und das Semester stand vor der Tür. Die Monatskarte von Münsingen nach Bern kostete 15,-- Franken. Als ich mich zu Anfang April 1946 als Studentin der Germanistik und Kunstgeschichte an der Uni Bern einschrieb, überquerte ich den Bubenbergplatz und blieb vor der Buchhandlung Francke mit den großen Schaufenstern stehen.
Dann trat ich, einer spontanen Eingebung folgend, ein, verlangte den Chef persönlich zu sprechen, und, siehe da, die Tür zu seinem Zimmer öffnete sich. Ich schilderte ihm freimütig meine Lage, erzählte von meiner Abenteuerreise in die Schweiz, vom Dichtervater wie vom Volontariat in der Arche, wies auf die Kaiserliche Buchhandlung in München hin, und er hörte mir interessiert zu. Das große Aber war die mir fehlende Arbeitserlaubnis. Er sei bereit, mich stundenweise in der Abteilung „Nova“ zu beschäftigen, wo Werbung für Neuerscheinungen gemacht wurde, es müsse aber absolutes Stillschweigen über dies nicht genehmigte Arbeitsverhältnis bewahrt werden. Vielleicht lasse sich mit der Zeit eine Erlaubnis vom Arbeitsamt Bern erwirken. Mit Schifferlis Zeugnis in der Tasche trat ich wenige Tage später meine neue Tätigkeit an und konnte sie mir so einteilen, dass mein Vorlesungsplan nicht tangiert wurde. In der „Nova“ fand ich eine sehr vergnügte Damenriege vor, die mich unter ihre Fittiche nahm, mich einwies und mir zahlreiche Schreibarbeiten übertrug. War ich vormittags eingeteilt, so bekam ich ein nahrhaftes „Z‘Nüni“ mit Kaffee, denn immer noch hatte ich Hunger, von dem die Schweizer nichts ahnten. In Münsingen hätte ich so gerne einmal die ganze Schüssel „Herdöpfel“ allein leergegessen, wagte aber nie, so etwas Proletarisches vorzuschlagen.
Als mich aber ein ätherisch aussehender Mitstudent nach der Vorlesung ins Café einlud, sagte ich begeistert zu in Erwartung von Kaffee und einigen Zwänzgerstückli, obwohl er nicht gerade zum Verlieben war. Wir betraten das Café, setzten uns an ein Marmortischchen und mein Gastgeber winkte der Serviererin: „Fräulein, zweimal Münzetee, bitte!“ Der kam prompt, aber das war‘s dann auch.

In der Uni erfuhr ich, dass es für jüdische Studenten einen koscheren Mittags-Freitisch gab. Da meldete ich mich, und durfte lange Zeit dort mithalten. Meine Existenzsorgen minderten sich, und als mir durch Dritte noch einige abgelegte Kleidungsstücke einer Dame der ersten Berner Gesellschaft angeboten wurden, die mir sogar passten, war ich im siebten Himmel.

Auch an der Uni hatte ich Glück: Mit zwei Holländerinnen zusammen wurde ich ins kunsthistorische Seminar von Professor Hahnloser aufgenommen, dessen Frau Deutsche war. Inez und Marianne aus den Niederlanden waren mir als Deutscher nicht sehr wohlgesonnen, das verstand ich, aber da wir drei im sogenannten „Hahnloser-Hühnerhof" Außenseiterinnen waren, schlossen wir uns doch enger zusammen. Auf die kunsthistorischen Reisen des Seminars wurden wir großzügig mitgenommen, Hahnloser verstand es immer wieder, Mäzene für seine „Hühner" zu finden. Seine Mutter, die berühmte Hedy Hahnloser, lebte in Winterthur und war schon in jungen Jahren mit damals unbekannten französischen Malern befreundet gewesen, die sie auf Reisen nach Italien und Spanien mitnahm. Ihr Haus, in der Nähe vom Römerholz, wo Oskar Reinhardts wunderbare Sammlungen zu sehen waren, beherbergte zahllose Bilder aus dem 19. Jahrhundert, Redon, Vuillard, Bonnard, Maurice Denis, man putzte sich dort sozusagen unter Cézanne die Zähne, umspielt von vielen Katzen, die Hedy H. liebte.

Die wichtigste Bezugsperson für mich war der Germanist Fritz Strich, zehn Jahre älter als mein Vater, in Königsberg geboren, der als Wölfflin-Schüler schon 1915 eine Professur in München bekommen hatte. Er war Jude und hat die Chance, Ordinarius in Bern zu werden, 1929 genutzt, bevor in Deutschland Gefahr drohte. Seine Vorlesungen, beinahe schüchtern vorgetragen, faszinierten mich, „Klassik und Romantik", „Goethe und die Weltliteratur", aber auch seine Bezüge zur Gegenwart. Er hatte öfter im Seminar Hermann Hesse erwähnt, der ja schon lange in der Schweiz lebte und ebenfalls Schweizer Bürger geworden war. Dessen schwermütige Verse hatten meine Eltern während des Krieges so oft zitiert:

Es liegt die Welt in Scherben,
einst liebten wir sie sehr,
nun hat für uns das Sterben
nicht viele Schrecken mehr.
....

Adieu, Frau Welt, und schmücke
dich wieder jung und glatt,
wir sind von deinem Glücke
und deinem Jammer satt.

Trotzdem ich jung war, drückten diese Verse auch mein Lebensgefühl aus, und ich war erstaunt, in meiner neuen Umgebung so ganz andere Töne zu vernehmen: „Das Leben ist schön, lebenswert, wunderbar“ oder „l'art d'être aimé,“ auch „How to win friends“ oder „Niemehr müde sein“, waren Titel auf dem Büchermarkt.
Lohnte dieses Leben überhaupt? Eigentlich hatte ich meist Negatives gehört, und ich wusste nur, dass es ums Überdauern ging. Bei der Lektüre Hesses fand man neben vielen Verzweiflungen aber auch Glück und Freude am Diesseits, und dieses Nebeneinander beschäftigte mich.

Es war Fritz Strich, der mich im Gespräch auf ein Thema brachte, das ich bald darauf adaptierte: Ausbrüche und Eingliederungsversuche Hermann Hesses sollten in seinem Werk nachgewiesen werden. Daraus entstand dann meine Dissertation „Individuum und Gesellschaft im Werk H.H's.“
Ich fand nicht alle Werke Hesses vollständig in der Berner Uni-Bibliothek vor, kaufen konnte ich sie mir ohnehin nicht, und so schrieb ich kurzerhand an den verehrten Dichter und bat ihn, mir mit einigen Buchexemplaren auszuhelfen. Der Antwortbrief ließ nicht lange auf sich warten, er kam mit einigen Abdrucken von Gedichten und Erzählungen.
Ich war ein bisschen enttäuscht, die von mir gewünschte Kommunikation war abgeblockt, an einen Besuch im fernen Montagnola konnte ich nicht denken, da fehlten mir die Mittel. Zudem erzählte man, dass Besucher dort ohnehin unerwünscht seien. Und so entdeckte ich „meinen Hesse“ ganz für mich, damals ein bisschen belächelt von meinen Mitstudenten, die gerade mal „Narziss und Goldmund“ gelesen hatten. Als dann die Hochrufe der Hippies vom Campus Berkeley in Kalifornien nach Europa kamen, war

Liebes Früulein Bergengruen

Leider kann ich Ihnen nicht helfen.Ich bin seit Jahren ein kranker Mann,jeden Tag bis zur Erschöpfung überbürdet,übermorgen muss ich wieder für eine Weole in eine Klinik - und für Fragen wie die Ihren habe ich nicht das mindeste Adresse.Ich habe mir nie notiert,wo und von wem über mich gearbeitet wurde,und kann nur sagen,dass in den letzten Jahren mehrere portugiesische und spanische Diss. gemacht wurden,die meisten in Südameri ka,ich besitze und kenne sie aber nicht.

Ich täte Ihnen gern einen Gefallen,und schätze Ihren Vater hoch .Aber ich kann mir nicht helfen: die Art,wie heute vom Gymnasium bis zur Hochschule moderne Literaturwissenschaft betrieben wird,hat nicht das geringste Interesse für mich,und ich halte nichts von ihr.Ich bekomme alle 14 Tage etwa den Brief eines Schülers oder einer höhern Tochter:sie müsse nächsten Monat einen Vortrag über mich halten,und ich möchte ihr freundlichst die Arbeit abnehmen.Ich antworte dann entweder nicht oder so :sagen Sie Ihrer Lehrerin,dass Sie doch Menschen Ihres Alters nicht unmögliche und nur durch Schwindel,d.h. Mitarbeit anderer zu bewältigende Aufgaben stellen möge.

Was ich Ihnen sagen kann ist: bei Fretz erscheint im Sommer eine Neuausgabe von Ball mit Nachtrag bis heute,und auch eine Broschüre mit mit mehrern neuern Aufsätzen über mich,deren Titel noch nicht feststeht. Seien Sie mir nich t böse,und nehmen Sie meine paar Gaben als Ersatz für die Enttäuschung von Ihrem

H Hesse

meine Arbeit längst geschrieben. Der Kronzeuge für meine Themenstellung war übrigens der Soziologe in Bremen Ferdinand Tönnies gewesen, der sich mit „Individuum und Gemeinschaft“ einen Namen gemacht hatte.

Aber auch einen ganz anderen schriftstellernden Zeitgenossenen lernte ich an der Berner Uni kennen. Da trat nach einer Vorlesung ein semmelblonder Student auf mich zu und brachte im schönsten Berndeutsch hervor: „Grüess Ech, Fräulein, darf ich mich vorstelle – ich bin Euers Gegeteil!“ Ich war etwas verblüfft, aber gleich kam des Rätsels Lösung: „Ich heiße nämlich DÜRRENMATT, und Ihr heißet BERGENGRUEN“. Das war der Theologiestudent F. Dürrenmatt aus Konolfingen, drei Jahre älter als ich. Auch er wurde wie mein Vater Autor der Arche, segelte aber schon früh weiter zu Diogenes. Natürlich habe ich seinen Werdegang von damals an verfolgt und konnte später mit meiner Schüler-Theatergruppe etliche seiner köstlichen Stücke aufführen.

Ende Mai 1946 kam plötzlich ein Telefonanruf aus Zürich: „Wir sind da!“ Meine Eltern waren tatsächlich mit zwei Koffern angereist, Schifferli hatte die Formalitäten bei Franzosen wie bei den Schweizern managen können, hatte sie am Bahnhof in Zürich abgeholt und fürs erste bei seinen Eltern logiert. Mit geliehenem Geld hielten sie sich über Wasser, denn eine Arbeitserlaubnis gab es lange Monate nicht. Als Bergengruen eine kurze Erzählung in der NZZ untergebracht hatte, erschien am nächsten Tag ein Abgesandter der Fremdenpolizei und verlangte 60,-- Franken Buße.
„Bezahlen kann ich nicht,“ meinte WB, „um die Summe aufzubringen, muss ich morgen gleich wieder einen Artikel in die NZZ setzen!“ Und dabei blieb es. Schifferli aber war eisern, Bergengruen bekam gegen Jahresende die Erlaubnis, in der Schweiz zu publizieren, Lesungen abzuhalten und einen festen Vertrag mit der Arche abzuschließen. Alle Rechte an seinen Büchern besaß nun der Arche-Verlag. Die beiden Partner sind nicht schlecht dabei gefahren. Eine ganze Bergengruen-Schwemme ergoss sich über die deutschsprachigen Länder, zahlreiche Übersetzungen folgten. Man war ausgehungert nach Literatur, Schifferli vergab Lizenzen nach Deutschland und Österreich, erfand den Slogan „Statt Blumenstrauß ein Archebändchen“ und verstand es, in kleinere Scheiben zu schneiden, was vordem Sammelband gewesen war. Wenn in der Fol-

gezeit alles zur Frankfurter Buchmesse wallfahrtete, blieb er seelenruhig am Züricher Schreibtisch sitzen, verhandelte telefonisch über Buchrechte und Lizenzen und zog meisterlich seine literarischen Fäden.

Zunächst hatten die Eltern in zwei möblierten Zimmern gewohnt, und nur ganz allmählich gelang es ihnen, einigen Hausrat anzuschaffen. Erst mit den Jahren ging es ihnen besser, zudem waren meine beiden jüngeren Geschwister mit Paketen zu versorgen, denn die Hungerjahre waren hart in Deutschland, in der Internatsschule im Schwarzwald gab es wenig zu essen. Gerne wäre ich öfter nach Zürich gefahren, aber hier wie da waren die Mittel knapp.

Da tat sich für mich eine wundersame Geldquelle auf, vermittelt durch eine Mitstudentin. Die war seit einigen Wochen Hilfskraft bei dem Berner Auktionator Jürg Stuker, der Kunst, Antiquitäten, aber auch elegante Auswandererhaushalte in toto versteigerte. Das Geschäft blühte und er brauchte eine zweite Hilfe, die die zu versteigernden Objekte während der „vente" vorbei an den dicht besetzten Stuhlreihen hochhielt und zeigte. Das war zwar anstrengend, wurde aber gut bezahlt und mit einem fürstlichen vergnügten Abendessen belohnt. Ich kaufte mir 1947 zum ersten Mal ein schönes Kleid, Marke Hanro in Rot und ich fühlte, dass Kleider wirklich Leute machen, denn ich sah gut darin aus. Viele „ventes" habe ich miterlebt, einmal versteigerten wir den gesamten Hausrat des Komponisten Ralph Benatzki, bekannt durch die Operette vom „Weißen Rössl", der sein Haus am Thunersee aufgab, um mit seiner Frau nach USA zu emigrieren. Das waren z.T. elegante Stücke, er musste wohl einen Butler gehabt haben. Ich zeigte ein ganzes Bündel gestreifter Dienerlivree-Jacken in Schwarz-Weiß dem staunenden Publikum, ein kleines Bauernweiberl bot begeistert darauf und bekam den Zuschlag. Ich fragte sie nachher neugierig, ob sie wohl soviel Dienerschaft habe? „Ach nein", antwortete sie, „wüsset Ihr, isch denn für min Ma im Garte!"

Mit den Eltern Müller gab es lange abendliche Gespräche. Sicher hat Max Müller erstaunt und belustigt die Ansichten dieser „wilden Hummel" aus Deutschland zur Kenntnis genommen und sich als Psychiater seinen Vers drauf gemacht. Ich habe bei den beiden gelernt, und ganz allmählich konnte ich ein ganz normales bürgerliches Leben akzeptieren und es gut finden. Lediglich die mir des öfteren vorgetragene Frage nach einer Kollektivschuld aller Deutschen konnte ich nicht annehmen, habe aber dazu geschwiegen. Damals so kurz nach dem Krieg sah man die Dinge in der Schweiz schwarz-weiß, während ich vielleicht farbliche Nuancen in Bezug auf Verfolgte, Mitläufer, Genötigte, Gezwungene, Eitle, Skrupulanten und Schweigende während der braunen Zeit kennengelernt hatte.

Die Liebe blühte an der Berner Uni, und ich bewegte mich sowohl in den Kreisen des kunsthistorischen Seminars, zu dem allmählich weitere deutsche Studenten kamen, als auch in einer Clique Österreicher, die als farbentragende Corpsbrüder in die Schweiz gekommen waren. Wir feierten, genossen begeistert und optimistisch alle die neuen Erlebnisse, wussten aber auch, dass wir Stipendiaten auf einen Studienabschluss hinzuarbeiten hatten.

Studenten in Bern

ACH BERTHOLD!

Ich lernte anläßlich einer Kaffeeeinladung die Witwe Affolter aus Basel kennen, eine rührende ältere Dame, die sich für die Deutschen interessierte, mich zum Erzählen aufforderte und nach meinem Bericht von den kriegerischen Zeiten entgeistert ausrief: „Ja, ja, Ihr Düütsche hän immer aso Schicksäler!“ In ihrer Gutherzigkeit bot sie mir ihr Dachstübchen im Haus am Basler Aeschenplatz an, wenn ich je einmal nach Basel käme. Ich war damals mit dem Schreiben meiner Diss beschäftigt, das Material hatte ich zusammen, aber Ruhe und die nötige Konzentration fehlten. Ich hatte mir inzwischen eine kleine Barschaft zusammengespart, meine Eltern hatten finanziell noch keinen rechten Boden gefunden.
Und so zog ich im Herbst 1948 tatsächlich mit meiner geringen Habe nach Basel ins Oberstübchen eines altväterischen Hauses. Ich wollte in der Uni-Bibliothek arbeiten und als Gasthörerin Neues kennenlernen. Das Blaukreuz, eine Vereinigung, die den Alkohol verdammte, verschaffte mir einen Mittagstisch, die Wäsche wusch ich zusammen mit einer deutschen Pharmaziestudentin aus Freiburg im Keller eines nahen Hauses, wo sie wohnen durfte.

Gleich nach meiner Ankunft ging ich zum Schwarzen Brett der Baseler Uni, um mir die Vorlesungen meiner Fächer zu notieren, die Gasthörer aufnahmen.
Als ich mitten im Schreiben bin, tippt mir von hinten jemand auf die Schulter. Ich drehe mich herum und sehe den Freiburger Freund Berthold Hackelsberger vor mir. Wortlos zieht er aus der Innentasche seiner Windjacke ein gelbes Papier heraus, es ist ein Brief, den ich noch kurz vor Kriegsende von Achenkirch aus an ihn geschrieben hatte, beinahe drei Jahre alt. Wir umarmen uns, ein Wunder! Er erzählt, dass die Studenten aus dem benachbarten Markgräflerland tagsüber zum Studium an die Uni Basel eingeladen worden sind, er sei den ersten Tag hier, um sich am Schwarzen Brett die Seminartermine zu notieren: Kunstgeschichte, Philosophie, Archäologie.

War das Schicksal, war das Zufall? Wir sind zusammengeblieben und haben im August 1950 am Bodensee geheiratet.

Wiedersehen in Basel

Das Doktorexamen samt der Dissertation bestand ich mit Prädikat, Berthold promovierte mit einer Arbeit über „Die Bildnerei des Jugendstils" bei Professor Kurt Bauch in Freiburg. Mit der Hilfe beider Elternhäuser konnten wir eine winzige Wohnung in Freiburg beziehen, ein Baukostenzuschuss war dem Bauherrn zu leisten.
Inzwischen war mit der Währungsreform in Deutschland die D-Mark geboren worden, unser Geld war wieder was wert und vieles war jetzt zu haben.
Als ich nach dem Examen im Seminar feierte, hielt Hahnloser eine Rede: „Schwarz ist sie in die Schweiz eingereist, weiß als Braut geht sie wieder hinaus!"
Alle Müllers kamen zur Hochzeit nach Birnau am See, Eltern, Geschwister, Freunde waren dabei, und die große Familie Hackelsberger aus Öflingen gab Glanz und Glamour. Es war das erste große Fest für uns alle nach dem Krieg, bescheiden zwar für die heutigen Ansprüche, aber getragen von der Liebe und Zuneigung unserer Familien. Großzügig strich Papa Müller vor der Hochzeit alle meine Schulden.
Es war die Zeit des Korea-Krieges, man fürchtete ein Überschwappen nach Europa. Dementsprechend sahen unsere Hochzeitsgeschenke aus: Ein Zentnersack Zucker, ein Kanister Speiseöl, zwei Säcke Matratzenkapok und Bettfedern, Tischtücher aus altväterischen Truhen, und für das Brautpaar je ein paar feste Stiefel.

Noch einmal durfte ich für kurze Zeit im alten Freiburg wohnen. Es war arg demoliert worden, vieles war verändert, Betonbauten schossen aus dem Boden, aber die Bächlein rannen noch immer durch die Stadt und der Münsterturm stand.
Die Familie Hackelsberger im badischen Öflingen war ein Clan, eine Burgfeste, die man erobern musste. Das war nicht leicht, noch immer hingen viele dunkle Wolken über dem „Pfeilhof", einem traditionsreichen Industriellenhaus nahe der Schweizer Grenze.
Bertholds Vater (1893-1940), aus einem niederbayerischen Gut in Poikam stammend, heiratete 1920 Helene van Eyck, Tochter des Besitzers der Firma Johann Weck & Co, der die ersten Weck-Gläser auf den deutschen Markt gebracht hatte.
Albert Hackelsberger, Dr. jur. und Dr. phil., war im Ersten Weltkrieg aktiver Verbindungsoffizier im Mühlhauser Dragonerregiment gewesen, „der fliegende Dragoner" genannt. Zusammen mit seinen beiden Schwägern trat er geschäftsführend in die erfolgreiche Firma ein, engagierte sich aber von 1925 an vor allem in der Politik: zunächst in der Deutschen Volkspartei Stresemanns, später im Zentrum und wurde 1932 in den Reichstag gewählt. Als Wirtschaftsfachmann geschätzt und bekannt, war er im Vorstand der deutsch-schweizerischen Handelskammer sowie der Internationalen Handelskammer Paris. 1933 erwarb er sich zunächst Verdienste um das Zustandekommen des Reichskonkordats und war zusammen mit Prälat Kaas der irrigen Meinung, man könne sich mit Hitler und dessen Genossen arrangieren.
Hackelsbergers 1934 erfolgte Nobilitierung zum Ritter des Gregoriusordens vom Vatikan aus stempelte den Katholiken, der inzwischen das Jesuitenkolleg St. Blasien im Schwarzwald gegründet hatte, zum Gegner der Nationalsozialisten. Man bereitete seine Ausschaltung von langer Hand vor und verhaftete ihn schließlich 1938 auf seinem Sommersitz Schloss Tutzing, heute Evangelische Akademie Schloss Tutzing, wegen eines angeblichen Devisenvergehens vor den Augen seiner Familie. Sein gesamtes Vermögen wurde unter „Treuhandverwaltung" gestellt, etliche Firmen gehörten dazu, ein Prozess fand nie statt. Er starb in Gestapo-Haft im August 1940 an einem schweren Nierenleiden.

Vier seiner Söhne wurden 1941, 1942, 1943 und noch 1944 eingezogen, aber wegen „Wehrunwürdigkeit" nicht befördert. Der Jüngste und die beiden Schwestern blieben verschont, ein Sohn ist in Russland

vermisst. Zwei der Söhne waren früh verstorben. Die Witwe Hackelsberger stand dem Ende aller ihrer bisherigen Sicherheiten fassungslos und wehrlos gegenüber, hat aber ihre große Familie tapfer durch die Zeiten gebracht. Sie war eine gläubige Frau, der man bei ihrer Zartheit dies Durchhaltevermögen nicht zugetraut hätte. Im Oktober 1969 ist sie verstorben. Ich lernte meine Schwiegermutter 1948 kennen, als ich, von Bern kommend, meinen ersten Besuch in Öflingen machte. Sie wirkte zunächst sehr distanziert und abwartend auf mich, aber ab und zu huschte ein schalkhaftes Lächeln über ihr Gesicht, und ich fühlte mich aufgenommen und aufgehoben.
Bisher hatte ich eine Industriellenfamilie und ihr Umfeld noch nicht kennengelernt. Aber auch mein späterer Mann Berthold Hackelsberger hat sich mit dem großbürgerlichen Zuschnitt im Pfeilhof kaum identifiziert. Er sah sich durch die unruhigen Zeitläufte und die Kriegsjahre eher als eine „Windjackenexistenz“, und hier trafen wir uns, wir waren fahrendes Volk, bis wir schließlich viele Jahre später beruflich und familiär in eine Sesshaftigkeit kamen, die wir zu lernen hatten.

Es war zu Beginn der fünfziger Jahre keineswegs selbstverständlich, im Beruf unterzukommen. Einzig unser Pfälzer Freund und Mitstudent in Freiburg, Ludwig von Bassermann-Jordan aus Deidesheim schien uns „versorgt“ zu sein: das väterliche, sehr renommierte Weingut wartete auf den Erben, dem das Studium der Kunstgeschichte vor der Übernahme vom Vater konzediert worden war. Seine köstlichen Pfälzer Sprüche und zahlreiche Kisten mit Flaschen besten Weines würzten unsere Abende, an denen gepaukt werden musste.
Er und Berthold bestanden das Doktorexamen am gleichen Tag mit magna cum laude, die Freundschaft hat ein Leben lang gehalten. Auch die Brüder Werner und Otto Creutzfeld, später bekannte Mediziner, gehörten zu unserem Freundeskreis, und berühmt geworden ist unser Mitstudent Helmut Seling, später der „Silber-Seling“ genannt, der in den Nachkriegsjahren der staunenden Kunsthistoriker-Crew die Augsburger Gold- und Silberwelt erschloss, die die russischen Zaren beliefert hat. Zusammen mit seinem Freund und Gönner Hermann Abs von der Deutschen Bank hat Seling bald nach dem Krieg die „Schwarze Madonna“ im polnischen Tschenstochau restaurieren lassen, die sich in einem ruinösen Zustand befand. Das ist heute in Polen nahezu vergessen.

INS SCHWÄBISCHE UND IN DIE PFALZ

Glücklich waren wir, als sich 1952 für Berthold beruflich eine Tür öffnete: Das Museum in Ulm, geleitet von Dr. Herbert Pée, suchte einen Assistenten. Der Stadt Ulm ging der Ruf voraus, besonders progressiv zu sein: Inge Scholl, die rührige und aktive Schwester der 1943 in München hingerichteten Scholl-Geschwister Hans und Sophie, hatte als eine der ersten in Deutschland nach dem Krieg von den Amerikanern das Permit erhalten, in Ulm eine Volkshochschule zu eröffnen, eine große Chance, denn man war ausgehungert nach Kultur und begierig, endlich etwas aus der großen Welt zu erfahren.
Inge hatte den Freund ihres jüngeren Bruders Werner, den Grafiker Otl Aicher geheiratet, der Ulm und seine spätere Hochschule für Gestaltung, in der Nachfolge des Bauhauses Dessau, berühmt gemacht hat.

Vom Schicksal der Geschwister Scholl wussten wir, als wir 1952 als junges Ehepaar nach Ulm kamen. Wir wohnten preiswert in einem Depotraum des Museums und strudelten nun fröhlich mit im Strom der vielen neuen Ideen, die die Stadt damals beherrschten. Sowohl in der „Gesellschaft fünfzig" als auch in Inges VH waren wir bald zuhause und äußerten uns in Kursen und Referaten über Formgebung oder Literatur.

Inge Aicher-Scholl verstand es, Referenten aus dem gesamten deutschen Sprachgebiet, oft mit den größten Schwierigkeiten, heranzuziehen, für uns ein glückliches Geschenk, denn wir lernten kennen, was uns bisher verschlossen gewesen war.

Berthold hatte Ideen in neuer Ausstellungstechnik, konnte sich künstlerisch und handwerklich betätigen und war in seinem Element. Otl Aicher, der Meister des Pictogramms war sein immer anregender Partner, und als die mithilfe der McLoy-Millionen aus USA gegründete Hochschule für Gestaltung auf dem Ulmer Eselsberg entstand, wurde er dort Dozent für Kunstgeschichte. Damals kamen viele interessante und begabte Designer aus dem Ausland nach Ulm, man lernte das „form follows function", die Farbenlehre vom Bauhaus, und im Ulmer Museum war „Die gute Form" Evangelium.

Zwei von Bertholds besten Einfällen gingen damals in Produktion: Das Holzspielzeug „Bauwinkel" und der heute noch in den Museen verwendete „Bilderhaken", ein hakenförmiges Klemmteil aus Aluminium, mit dessen Hilfe das lästige Verknoten von Drähten und Schnüren beim Aufhängen von Bildern verschiedenen Formats in Ausstellungen vermieden werden konnte. Vor allem wurde ihm die Formgebung von Gebrauchsgegenständen zum Programm, und so pries er anläßlich einer Möbelausstellung im Museum geradlinige Küchenmöbel an, viel leichter sauberzuhalten als das bisherige „Gelsenkirchner Barock". Da soll eine resolute Ulmerin mutig vorgetreten sein mit dem schönen Bekenntnis: „Herr Doktor, mir schwäbische Hausfrauen, mir wellet putze!" das war entwaffnend.

Viele Jahre arbeitete Berthold im Deutschen Werkbund mit, der, schon 1907 gegründet, die ganze industrialisierte Lebenswelt „Vom Sofakissen bis zum Städtebau", so die Leitfigur Hermann Muthesius, zu „veredeln" gedachte. Aus der Kultur- und Wirtschaftsgeschichte ist der Werkbund nicht wegzudenken, und das uns heute geläufige Industrial Design hat ihm viel zu verdanken.
Nach den Ulmer Jahren bekam Berthold eine Planstelle des Badischen Landesmuseums Karlsruhe, die in Stuttgart residierte. Ihre Aufgabe war es, die gute Form nun auch in den höheren Schulen Baden-Württembergs und damit der Jugend publik zu machen. Zu bestimmten Themen wie Bestecke, Gläser, Lampen, stellte er gut designte Gebrauchsgüter zusammen, ließ sie handlich in Kisten verpacken und schrieb die Texte dazu. Die Abkehr von den historisierenden Formen der Gründerzeit sollte schon den Schülern vorgeführt werden. Das Badische Landesmuseum hat damals für Bertholds Tätigkeit von der Internationalen Jury der 7. Triennale in Mailand eine Goldmedaille bekommen.
Wir fühlten uns wohl in Stuttgart, unsere beiden Ulmer Kinder gediehen auch hier, zumal wir hoch über der Stadt ein schönes Gartengrundstück erworben hatten und bauen wollten.
Schwäbische Freunde aus Ulm, Blaubeuren und Stuttgart, Studienkameraden aus der alten Freiburger Zeit kamen, Künstler und Kunsthistoriker machten unser Leben anregend, warm und erfreulich.

Inzwischen hatte Berthold schon mehrfach Entwürfe für eine Metallwarenfabrik gemacht, die in der Pfalz sogenannte „Hohlwaren“ aus Messing, Kupfer und versilbert herstellte. Sie war aus dem Erbe der Familie Hackelsberger übriggeblieben und wurde von einem Direktor geleitet, der seine Sache zwar hervorragend machte, aber nicht zur Familie gehörte.
Bertholds Brüder waren in den anderen beiden Familienbetrieben geblieben, und so kam bei ihm, der immer ein schlechtes Gewissen deswegen hatte, nicht hilfreich im Familienverband tätig zu sein – die Schwierigkeiten nach dem Krieg waren erheblich – der Gedanke auf, in die Pfälzer Firma als Designer einzutreten, zumal ihm handwerkliches Arbeiten mehr lag als die Erstellung wissenschaftlicher Texte, wie sie von den kunsthistorischen Debütanten erwartet wurden. Immer öfter fuhr er von Stuttgart aus jetzt an die pfälzische Weinstraße, und eines Tages war es soweit: Die vierköpfige Familie zog 1958 in die Pfalz.
Ich war nicht glücklich über die Veränderung und wusste, dass wir vieles würden aufgeben müssen, vor allem aber sah ich genau, dass Berthold kein Kaufmann war. So gingen wir bei dieser Kehrtwendung einer sehr ungewissen Zukunft entgegen. Auch finanziell gab es kaum eine Verbesserung in der Familienkasse, denn meine eigenen Einnahmen an den Volkshochschulen Ulm und Stuttgart fielen nun weg. Eine Zeitlang fuhr ich noch ins Schwäbische, um meine Kurse abzuschließen, aber wir hatten inzwischen drei Kinder, und ich war vollauf beschäftigt.
Immer hatte ich mir schon als Kind eine Familie gewünscht, Mann und Kinder und ein Haus mit Garten – das müsste das Paradies sein. An unserem neuen Wohnort würde es das geben, ich tröstete mich, und die Freude an unseren drei geliebten Kindern hat mich immer begleitet: rosig und tollpatschig waren sie, aufmüpfige und sehr eigenständige kleine Wesen. Berthold war kein Vater zum Anfassen, wohl eher ein strenger Lehrmeister und selten zärtlich, aber er war bedächtig und vorsorgend, meist stabil und gab dem Familienleben Ordnung und Rahmen.
Ich war der Umwelt eher zugeneigt und auf Kommunikation bedacht, auch auf pflichtgemäße Leistungen der Kinder, die flügge werden sollten. Das haben sie mit einigen Umwegen auch wahrgemacht und sind heute beruflich und in ihren Familien erfolgreiche und zuträgliche Mitbürger geworden, auch sie alle keine Kaufleute: Mediziner, Juristen, Sozialpädagogen.
Haben wir, die Kriegsgeneration, mit unseren immer noch bürgerlichen

Eierschalen, unseren Nachkommen das Leben schwergemacht? Sie waren den neuen Einflüssen ausgesetzt, die 68er-Bewegung brachte Befreiung von autoritären Zwängen, die Pille neue Freiheiten, und das Leben in den Wohngemeinschaften bot Ausweichmöglichkeiten vom Elternnest. Mutterschelte, Väterverurteilung, neue Ideologien veränderten den Horizont, zwischen amerikanischer Musik und kommunistischen Utopien pendelte man hin und her. Das „Epatez le bourgeois“ hatten wir Alten schon früher gehört, und Windjackenexistenzen waren wir schon lange.

Sehr geliebt haben wir unsere Kinder, und das bleibt noch heute so, wo sie erwachsene Menschen mit eigenen Familien sind.
Natürlich möchten wir sie klein behalten, möchten sie hüten, „boppeln“ und an uns binden. Aber spätestens in ihrer Pubertät wissen wir, dass sie sich abwenden und uns verleugnen werden, dass sie uns abtun und andere Wege gehen müssen. Ratlos lassen sie uns zurück. Haben wir verloren? Hätten wir nicht Dankbarkeit verdient oder Verständnis für uns Alte? Niemand hat uns auf das Unerhörte vorbereitet, und so fühlen wir uns schuldig, wir haben wohl versagt.
Sehr geliebter Ältester! Ich war so stolz auf dich, den Erstgeborenen. Schon früh hast du wohl manches durchschaut, was deiner unerfahrenen Mutter gar nicht so klar war. Immer habe ich dein Gedächtnis bestaunt, du kanntest Elternprobleme, während wir meinten, dich mit Strenge meistern zu müssen, wie wir das von der vorangehenden Generation gelernt hatten, wir wussten es nicht besser.
Du hast Fußballbilder und Weinetiketten gesammelt, später Musik gemacht mit euren „pilots“, dass die Wände wackelten. Das war dein Ventil. Du hast aufgehorcht, als die 68er die Autoritäten kippten, und danach die Nabelschnur gründlich durchgeschnitten. Fortan hast du zuhause Schlaf, Essen und Taschengeld getankt, Familienweihnachten verweigert und den Kriegsdienst entschieden abgelehnt.
Insgeheim haben wir Alten deine Konsequenz bewundert, wenn uns auch die Kurven und Umwege betrübten, die du zu gehen hattest, helfen konnten wir nicht. Immer aber wussten wir sicher, dass du deinen Weg machen würdest, und du hast das wahrgemacht.
Knapp zwei Jahre nach deiner Geburt kam die kleine Schwester zur Welt, müde zunächst, abwehrend, als Kind oft betrübt. Später aber realistisch und nüchtern die Situation abschätzend, und wenn du, sehr ge-

liebte Tochter, mit blutendem Knie nachhause kamst, und ich dich fragte: „Hast du nicht geweint auf der Straße?“ Dann sagtest du nur: „Ach Mutter, es hat mich ja keiner gehört.“

Der ältere Bruder war wohl eine Hypothek für dich, du musstest einfach mit hängender Zunge auf den fahrenden D-Zug aufspringen, und manchmal ging dir auch die Puste aus. Du warst kein Ernährungstyp wie deine beiden Brüder, das Essen freute dich nicht, dafür aber umsomehr Verse, Märchen, Bilder und komische Geschichten, Liedersingen und Familienspiele. Töchter bleiben unserem Herzen immer nahe, und du nahmst jeweils Anteil an meinem Outfit zu allen Anlässen und Einladungen, an meinen Kleiderfragen wie an der Frisur.

Im schulischen Getümmel hast du oft gestreikt, dafür aber mit Spaß gebastelt, wenn auch deine Krippenfiguren Karikaturen waren und deine Maria eher einer giftigen Hexe glich.

Dass du eines Tages aus der Schule kamst mit der betrüblichen Mitteilung, „die Hälfte meiner Klasse hat schon Fernsehen und die andere Hälfte hat schon Büstenhalter, und ich, ich hab keins von beiden!“, das veranlasste uns, beides schleunigst nachzuholen.

Deine guten sozialen Kontakte sind dir zum Beruf geworden, mögen sie auch manchmal eigene Distanziertheit überbrücken.

Als fünf Jahre später der kleine Bruder geboren wurde, als „Fettauge auf der Familiensuppe“, hast du ihn sofort neidlos akzeptiert, heiß geliebt und beinahe als dein Kind angenommen. Er hat dir das viele Jahre lang gedankt, ihr wart ein sehr inniges Geschwisterpaar, während der Älteste staunend zusah, wie unsere autoritären Erziehungsmethoden unter dem Zeitgeist an Heftigkeit abnahmen. Der Jüngste griff schon als Dreijähriger entschlossen nach dem Ball, der war Partner und Spielkumpan; er jonglierte, probierte ihn aus auf Kopf, Fuß und Arm und fand schließlich den nahen Tennisplatz als heimatliches Paradies, wo Ball und Schläger zuhause waren, obwohl vorher niemand aus der Familie je weißgekleidet einen Schläger in der Hand hatte. Lieber ballverliebter Unentwegter, du hast Erfolg damit gehabt, nicht nur sportlich, sondern auch als Lebenslektion, denn Ball und Schläger haben dich besser erziehen können, als wir das vermochten: Gewinnen und Verlieren. Vom Bücherlesen hieltest du so wenig wie vom Klavierspielen, hast dich aber oft klaglos ins Unvermeidliche geschickt.

Ob dazu auch gehörte, dass wir keine einheimischen Pfälzer waren? Als dich auf unserem Spaziergang ein würdiger geistlicher Herr fragte: „Na, du Kleiner, wie heißt du denn?“ hast du prompt geantwortet: „Ei, ich bin de Carl-Dieter!“ Und als der Frager außer Reichweite war, hast du geflüstert: „Mama, Titus heißt man hier nicht!“

Ich bin noch heute verliebt in unsere Drei, noch immer schaue ich sie gerne an und weiß, dass ich nichts Besseres habe. Und vielleicht ist es meine mütterliche Schwäche, dass ich ihnen unredliche Aktionen einfach gar nicht zutrauen kann. Dass sie auch in schwierigen Lagen niemals die Geduld mit ihren Eltern verloren haben, spricht für ihre gute Gemütsart, und so leben wir friedlich miteinander nach der alten Devise:
„Nicht zu nah und nicht zu fern.“

Unsere Drei:
Andreas, Susanne und Titus

Waren wir jetzt wirklich Europäer? Deutsche waren wir allenfalls. Große Reisen in außereuropäische Länder haben wir kaum unternommen. Aber aus USA kamen Austauschschüler zu uns ins Haus, denn unsere Kinder waren drüben gewesen.
So stand eines Tages Sandy Owens am Hauptbahnhof Heidelberg: *„Sehr geehrte Gasteltern"*, waren wir in einem Schreiben aufgefordert worden, sie dort abzuholen.

Volltreffer in die Familienferienplanung, eine Woche vor Ferienbeginn. Damit hatte man nicht gerechnet. Zwar war die achtzehnjährige Tochter letzten Sommer drei Wochen drüben gewesen, aber deren Gastfamilie schicke heuer keines ihrer Kinder nach Germany, schrieb sie. S. Owens schien so eine Art Ersatz zu sein. Für Rückfragen blieb keine Zeit. Ob male oder female, jugendlicher Springinsfeld oder greisenhafter Schulstreber konnte nicht mehr herausgefunden werden. Doch brachte der Ankunftstag mit dem Frühesten einen eingeschriebenen Eilbrief aus USA: „Dear Daddy and Mammy! He! Wie gehts? I am your American daughter, Sandra Owens, seventeen, very happy to be staying in your home für three weeks. My grandparents once came from Germany-Sonneberg, but I can speak German not at all. Love from Sandy."
Wir waren nachmittags pünktlich zur Stelle, der Bus, der zwischen Hannover und Heidelberg hundertachtundvierzig amerikanische Schüler abgeladen hatte, kam mit dreistündiger Verspätung. Sandy trug einen rosa BH und Jeans, Sandalen und Koffer in der Hand. Todmüde blickte sie uns an aus nostalgisch umflorten Augen, und ein mattes „He, wie gehts?" war alles, was sie hervorbrachte. Die einstündige Autofahrt in die Pfalz verschlief sie, eine bayerische Brotzeit zum Empfang war nicht ihr Fall, lediglich die Zitronencreme schien sie etwas zu beleben.
Der nächste Morgen brachte betretene Stille. Um 12.30 Uhr Mittagessen. Die Familie umschlich das Gastzimmer – konnte Sandy gestorben sein? Kurzentschlossen ein Blick durch den Türspalt: Sandy prall und splitternackt im Schneidersitz

auf dem Bett: „Hello, I'm writing picturepostcards!" Nein, essen noch nicht, erst Haare waschen und a shower. Diesen Gewohnheiten blieb sie treu. Ab zwei Uhr mittags erschien sie munter mit stets frischgewaschenen Haaren im Familienkreis, zeigte immer wieder Fotos von Haus und Garten in Amerika, von zwei Reitpferden und einem Ford Mustang, der ihr allein gehörte. Am Vormittag Schülerin einer classical high school, war sie nachmittags und abends Kellnerin in einem Ausflugslokal. Unsere Kinder, ab und an Ferienjobber, staunten.

Auch der benachbarte Tennisklub horchte auf, wenn Sandy einzog. Nein, Tennis spielte sie nicht, horses aber ... Unser Senior bot ihr seinen Platz an, der brummige Trainer spendierte ein Bier, und die Tennisjugend begleitete sie nach Hause, um sich nach dem Abendessen zahlreich wieder bei uns einzufinden und ausgedehnt zu bleiben. Die Nächte waren durchwachsen, der Familienvater ergrimmt, unsere Teens und Twens begeistert. Von den Sehenswürdigkeiten der Umgebung hielt Sandy nichts, shopping dagegen liebte sie. Auch reichlich Schlaf am Vormittag, gegen zwei Uhr dann Steaks und Süßspeisen. Unordnung zog ins Familienleben ein, Amerika, du hast es besser. Gartenarbeit macht man drüben nicht, Blumen sind sowieso aus Plastik, und zu essen holt sich jeder, was er mag. Das Rasenschneiden gehe so reihum, wer eben Zeit habe. Sie sei meist im Lokal ... Eines Morgens erschien Sandy schon zum Frühstück, rotgeweinte Augen, ungewaschene Haare, barfuß, verschwollen, im kurzen Babynachthemd und verlangt coffee. Homesick? Ist sie krank? Sie bricht in Tränen aus. Zwei Spiegeleier mit Speck scheinen Linderung zu bringen: Oh, sie sei so sorry, Michel Klugers (Meikel, sagt sie) departure yesterday evening to England ... Michael, unser Nachbarsbub? Der also war's! Frischgebackener Abiturient, mit unseren Kindern aufgewachsen und zur nachbarlichen Crew gehörig, tatsächlich, er war zu England-Ferien abgereist. Eine gelbe Teerose aus Nachbars Garten trug sie in einem feuchten himmelblauen Waschlappen eingewickelt fortan im Busenausschnitt. Ob Meikel sie ihr gegeben, ob sie sie selbst stibitzt hatte, blieb ihr

Geheimnis. Umflort blickte sie in die Ferne. Wir sannen auf Ablenkung. Für die letzte Woche wurde eine Autotour angesetzt, Sandy sollte doch was sehen von old Germany: Erste Etappe, Ulm an der Donau, höchster Kirchturm der Welt, Sandy verschlief die Fahrt völlig, es war Vormittag. Oh no, auf den steeple wollte sie aber nicht! Die Puppensammlung einer munteren Schwäbin, Spielzeug aus drei Jahrhunderten, Entzücken aller Kinder- und Puppennarren, quittierte sie kurz mit dem Hinweis auf a lot of dolls, die ihre Großeltern aus dem black forest mitgebracht hätten. Unmöglich, ihr Qualitäts- oder gar Zeitunterschiede klarzumachen.

In Zwiefalten stieg sie gar nicht aus, no churches, die Mainau im Bodensee mit Rosenflor schien sie höchst ungelegen im Schlummer zu stören, und der Rheinfall zu Schaffhausen konnte gegen die Niagarafälle nicht aufkommen. Dafür galt ihr Interesse einigen schlafenden Enten, die sie glücklich fotografierte.

Die horses in Hemmenhofen am Untersee begeisterten nur kurz, denn eine Reitstunde bewies ihr, dass unser Hallentraining mit ihrem draufgängerischen Losgaloppieren über die meadows von Pennsylvania nichts zu tun hatte. Eine Blackforest-Kuckucksuhr, am Titisee gekauft, war eiliges und teures Trostpflaster.

Der zu Hause gebliebene „Daddy“ empfing uns stolz mit einem heute morgen um fünf erlegten Rehbock, Blattschuss. Nieren und Leber zum Abendessen, Sandy war entsetzt. I like animals and flowers, versicherte sie umflort. Da saßen wir, rüde Gesellen, angekränkelt von europäischer Kultur und Tradition, einfallslos um den Abendbrottisch. Wir hatten ganz und gar versagt.

Beinahe schuldbewusst brachten wir Sandy am Abreisetag zur Busstation nach Heidelberg zurück. Im Vorbeifahren der Dom zu Speyer, sie winkte ab, no churches ... Vielleicht noch rasch ein letzter Blick vom Schloss auf die Heidelberger Altstadt? Wir fuhren hinauf, alte Burschenherrlichkeit und deutsche Romantik rühmend, Heidelberg, das jeder Amerikaner kennt und liebt. Sandy blickte über die Mauer: „And welcher Stadt is that?“

Sie umarmte uns am Bus, wir schieden als Freunde. Strahlend winkte sie uns zu. Vielleicht – wer weiß – hatte sie den Aufenthalt in old Germany auf eine uns verborgene Weise doch genossen.

„Kirchen und Rehbraten unerwünscht",
hieß mein damaliger Artikel in der FAZ.

Inzwischen hatten meine Eltern in Baden-Baden Fuß gefasst, nach zwölf Jahren hatten sie die Schweiz verlassen und am Fuß des Merkurberges endlich 1958 ein eigenes Haus gebaut. Mein Vater hatte allerdings nur noch sechs Jahre Freude daran, immer noch ein unbehauster Mensch.

Gerne fuhren wir nun sonntags aus der Pfalz ins Badische hinüber, das gab mir und wohl auch unseren Kindern immer wieder Halt und Zuversicht. Sie liebten diese Großeltern, und die festgefügte Familie behütete ihre Kinderzeit.
Ich merkte es bald: Weder zur Fabrikantenfrau noch für das Leben in der Kleinstadt war ich geeignet. Bisher waren wir ein sehr einmütiges Ehepaar mit vielen gleichen Interessen gewesen, nun drifteten wir mehr und mehr auseinander. Ich merkte, dass Berthold im Betrieb sehr zu kämpfen hatte, sein Programm „die gute Form" ließ sich damals nicht so leicht vermarkten. Dazu kam, dass bereits in den 60er Jahren billige Kupfer- und Messingwaren aus der Türkei, aus Süditalien, Spanien und Portugal auf den deutschen Markt drängten, die ohne die hohen Lohnnebenkosten Deutschlands und mit sehr einfachen handwerklichen Geräten gefertigt waren. Bald konnte die Firma nicht mehr Schritt halten, es gab Sorgen, es gab Verstimmungen, existenzielle Ängste, und Bertholds Familie stützte uns nicht.
1973 gelang es Berthold, das Werk an eine Firma in der Nähe zu verkaufen, für die er schon seit längerem Autozubehör als Zulieferer gefertigt hatte. Kein Arbeitsplatz ging verloren, dafür standen wir nun vis-à-vis de rien. Das Selbstwertgefühl meines sehr geliebten Mannes hat damals schwer gelitten, eine leitende Stellung hat er nie mehr angestrebt. Was würde werden?

SCHULSPIELE UND OSTBLOCKREISEN

Da entschloss ich mich, in ein Feld auszuweichen, das mir zugehöriger war als industrielle Formgebung. Die Kinder waren jetzt beinahe flügge, Andreas zwanzig Jahre alt, Susanne achtzehn, Titus dreizehn – sie brauchten mich nicht mehr ständig, die Sorgen ihrer Eltern mögen sie ohnehin belastet haben. Ich trat als Lehrerin für Deutsch und Kunsterziehung in das Altsprachliche Gymnasium unserer kleinen Stadt ein, das auch die Schule unserer Kinder war. Zum erstenmal fühlte ich mich frei, vergnügt und von meinen Schülern akzeptiert. Bis zum Jahr 1984 erlebte ich zwar anstrengende, aber mich erfüllende Schuljahre. Meine Freude am Theaterspiel, an kreativem Schreiben, an den heranwachsenden Schülern, die mir Freunde wurden, das Zusammenwirken mit den Kollegen, ließen mich die Schrecknisse der „Firma" allmählich vergessen. Ich wurde wieder ein fröhlicher Mensch, der sein Soll erfüllen konnte und dafür jeden Monat auch noch sicher sein Geld bekam.

Als Mitglied der Goethe-Gesellschaft war ich schon in den frühen 60er Jahren in Weimar gewesen, im fernen DDR-Land, wo alle zwei Jahre diese gesamtdeutsche Vereinigung für ein paar Tage zusammenkam. Wir Westdeutschen erhielten das DDR-Visum von der dortigen Regierung aber nicht nur um unserer Goethe-Verehrung willen: 1971 war das Organisationsbüro gegenüber vom Nationaltheater von acht bis vierundzwanzig Uhr geöffnet. Teilnehmerkarten waren von den Bundesdeutschen in DM-West zu bezahlen, erst dann erfolgte der Pflichtumtausch eins zu eins und anschließend gab es die polizeiliche Aufenthaltsgenehmigung und die Quartiereinweisung. Von den 1700 West-Anmeldungen konnten nur 1200 berücksichtigt werden. Die beiden rund um die Uhr tätigen Damen von der Geschäftsstelle Goethegesellschaft schienen Goethes Statthalterinnen zu sein, lächelnde Gastgeberinnen alten Stils. Und das nicht aufgrund des volkseigenen nationalen Kulturerbes, sondern durch persönliche Identifikation.
Festvorträge, Konzerte, Versammlungen. Die Damen, zumeist in der dritten Lebensphase, sind in der Überzahl: gelichtete Schläfen, Junohäupter mit den energischen Gesichtszügen der deutschen Frauen hüben wie drüben, mit Contenance. Viele tragen den Stern auf blauem Grund,

Zeichen der Zugehörigkeit und langjähriger Treue. Die Älteste ist seit 1922 dabei, Krücken, aber Lebensmut und Mutterwitz. Unter Goethes Vaterschaft verehrt man gern und geht hüben wie drüben mit ihm durch das Jahr. Und was das Schönste ist, laut wird es ausgesprochen, Goethe ist einer von drüben, Weimar liegt jenseits der Mauer. Goethe war, von Frankfurt am Main kommend, ja eigentlich der erste Westflüchtling.

Meine DDR-Kenntnis macht mich mutig, und seit 1974 fahre ich nun regelmäßig einmal im Jahr mit meinen Deutsch-Schülern für drei Tage hinüber nach Weimar, „Goethe – Schiller life“ auf dem Programm. Mit einem bundesdeutschen Bus sind wir unterwegs, die Schwierigkeiten sind erheblich, der Kampf um Visa, Quartiere, Mahlzeiten und Geldumtausch muss schon ein Jahr vorher aufgenommen werden. Finanzielle Zuschüsse vom rheinland-pfälzischen Kultusministerium für solche außerplanmäßigen Schulreisen ermöglicht mir nach einigem Zögern unsere oberste Chefin, Kultusministerin Hanna Renate Laurien. Kurzerhand wird auf dem Papier die bisher als Inland bezeichnete „DDR“ zum Schulreisen-Ausland erklärt, und für solche Fernreisen gibt es Geld. Jetzt können wir‘s etwas billiger haben.
In der Weimarer Karl-Marx-Allee kommen wir in der Jugendherberge unter, unser Herbergsvater Konny ist wohlwollend. Er weiß, dass westdeutsche Schulklassen unter keinen Umständen Kontakt mit DDR-Schülern haben dürfen, und schickt die Jungen, egal woher, einfach in den sommerlichen Garten. Da sitzen sie nächtelang und debattieren, anderntags selbst erstaunt darüber, dass sie plötzlich eigene politische Standpunkte vertreten, von denen sie bisher gar nichts gewusst haben. „Die sind doch wie wir, die da drüben“, sagt einer, „man lässt sie nur nicht!“
Goethe und Schiller sind Nebensache, aber unsere Reisen „in ein fernes Land“ rücken manches Unverständliche näher.

Meine Reiseerfahrungen aus der DDR von zehn Jahren wird 1984 unser pfälzisches Busunternehmen aufgreifen, und nun fahre ich als Rentnerin mit zahlreichen heimwehkranken ehemaligen Ostbewohnern mehrmals im Jahr nach drüben. Nicht nur in die DDR auf Nord- oder Südroute, sondern auch nach Polen, Prag und ins Baltikum, nach Estland und Litauen und nach Lettland, in die Heimat meines Vaters. Das Echo ist gewaltig, die Reisen sind immer ausverkauft. Ich bereite mich gut vor und kann im Bus schon während der Fahrt historische Fakten und geographische Orientierung geben, freilich immer überwacht von den ein oder zwei Begleitpersonen, die an der bundesdeutschen Grenze zusteigen. Gedrucktes dürfen wir nicht mitbringen, und an den Tageszielen treten dann in allen östlichen Staaten die sogenannten „Stadtbilderklärer“ auf, meist sehr versierte und interessierte Damen, die offensichtlich in ihrer Tätigkeit eine unverfängliche nichtpolitische, für sie erfreuliche Nische gefunden haben, oftmals in beinahe verliebtem Besitzerstolz über „ihre“ Sehenswürdigkeiten.

Nach der Wende werden meine DDR-Reisen von den Behörden finanziell erschwert. In die übrigen Ostblockstaaten reise ich mit dem Pfälzer Bus weiter.
Die Heimat meiner väterlichen Familie, Lettland und Estland werde ich immer wieder aufsuchen mit Reisegefährten, mit Freunden, mit Familienangehörigen. Von 1990 an öffnet sich das Baltikum mehr und mehr, und wir können, Referenten mit deutschbaltischer Herkunft, sogar Lesungen und Vorträge an lettischen und estnischen Fachhochschulen und Universitäten halten. Diese deutsche Vergangenheit, noch aus Zeiten der Hanse, bringt die jungen Studenten zum Staunen. Während der langen russischen Besetzung haben sie darüber nie etwas gehört. Die Alten wissen mehr: „Die Deutschen sind ja im 18. und 19. Jahrhundert unsere Geburtshelfer gewesen.“

Berthold begleitete mich oft auf diesen Fahrten. Inzwischen hatte er auch wieder museumspädagogische Aufgaben übernommen und wurde tätig in München, Augsburg und Frankfurt. Seine Tätigkeit als vereidigter Sachverständiger für Malerei, Plastik und Grafik bei der Industrie- und Handelskammer Ludwigshafen baute er seit 1975 aus. Gutachter für Kunst ist er bis 1993 geblieben, einige Jahre auch Werklehrer für kreatives Design an einem Pfälzer Gymnasium.

Die Pfalz ist uns beiden in all diesen Jahren zur sehr geliebten Heimat geworden. Wir wanderten mit unsern Kindern und mit Freunden weit im Pfälzerland umher, erfreuten uns an der dortigen Gastlichkeit, der Herzlichkeit und Unbekümmertheit ihrer Bewohner und fanden uns bald in einem vergnügten Freundes- und Bekanntenkreis. Unsere drei Kinder

haben in den achtziger Jahren nach ihrer Berufsausbildung geheiratet, zwei muntere Schwiegertöchter sind Pfälzerinnen, und der norddeutsche Schwiegersohn hat sich liebevoll mit dieser merkwürdigen Familie arrangiert.
Unser Familienhaus, entworfen von Bertholds jüngstem Bruder Christoph, einem bekannten Münchener Architekten, wurde uns nun zu groß und zu kostspielig, und wir verkauften es.
Unser Leben befand sich jetzt in ruhigem Fahrwasser.

DAS WB-ARCHIV

Im Jahr 1964 verstarb an einer unheilbaren Krankheit mein Vater in Baden-Baden, zweiundsiebzig Jahre alt. Bei der Testamentseröffnung erfuhr ich, dass ich nach dem Ableben unserer Mutter Inhaberin der Urheberrechte am Bergengruenschen Werk werden sollte. Ich war erstaunt und bestürzt, jedoch werden wohl Überlegungen meiner Eltern zu meinen Tätigkeiten als Germanistin und in Verlagen ausschlaggebend gewesen sein. Ich schrieb damals ab und an Glossen für die Frankfurter Allgemeine Zeitung, die auf der „Seite für die Frau" in der Tiefdruckbeilage am Samstag erschienen. Helene Rahms und später Maria Frisé waren meine Lehrmeisterinnen, von ihnen habe ich viel gelernt und manchen Rat bekommen.
So mündete mein Leben wieder in vertraute Bahnen und ich lernte abzuschütteln, „was dir nicht angehört".

Meine Mutter hat ein langes Leben gehabt: In den Jahren 1919-1964 hatte sie sich ganz auf das schriftstellerische Werk ihres Mannes eingestellt, 1990 ist sie nach langer Witwenzeit gestorben. Sie hat miterlebt, dass Bergengruen im Nationalsozialismus missliebig wurde, nach dem Krieg eine kurze, aber intensive Erfolgszeit hatte, dann aber, abgestempelt als Traditionalist und Verfechter einer „Heilen Welt", allmählich in Vergessenheit geriet.

Ich übernahm das Erbe 1990 und konnte in der Folge das Werner-Bergengruen-Archiv aufbauen, etliche Werke neu herausbringen, wozu mir vor allem die Öffnung der baltischen Staaten nach Westen Hilfe bot. Die baltischen Erzählungen meines Vaters, „Der Tod von Reval", „Schnaps mit Sakuska" und „Von Riga nach anderswo" sind viel gelesen worden. Der Sog des Tourismus nach Lettland, Estland und Litauen hält noch immer an, und wer schon die ganze Welt gesehen hat, entschließt sich zur Abrundung seiner Reiseerfahrungen, auch noch dorthin zu gehen.

Ich hatte das Glück, die Heimat meiner baltischen Vorfahren kennenzulernen und mit eigenen Augen das Land zu sehen, von dem ich immer wieder Seltsames, Wunderliches, Merkwürdiges gehört hatte: die Kalkstraße in Riga, wo mein Großvater Arzt gewesen war, Reval, das heute Tallinn heißt, wo der Tod zuhause ist und noch immer Allotria treibt, und zu erleben, wie das völlig verwahrloste Gut meiner großmütterlichen Familie von Boetticher, das Kolchose war, wiederaufgebaut wurde. Es liegt bei Goldingen im Kurländischen, und ein erfolgreich managender Hotelier aus dem Saarland, inzwischen Wahlrigenser geworden, hat es wiedererstehen lassen, so wie es einst gewesen ist. Man kann es von Riga aus besuchen, Gut Kukschen ist ein beliebtes touristisches Ausflugsziel geworden. Dass ich mit Kindern und Enkeln zur Einweihung dort eingeladen war, schien mir den weiten Weg zu beenden, den unsere Familie seit dem Beginn des 20. Jahrhundert zu gehen hatte.

IM VERLAG LANGEWIESCHE-BRANDT

Im Jahr 1993 waren wir frei von allen beruflichen Bürden und beschlossen, uns einen zwar kostspieligen, aber sehr verlockenden Wunsch zu erfüllen: München lockte uns für ein paar Jahre, danach würden wir zu Kindern und Enkeln in die Pfalz zurückkehren.

Senioren 1995

Im Süden Münchens lebten die Verleger Helga und Kristof Wachinger in ihrem schönen Jugendstil-Haus an der Lechnerstraße in Ebenhausen. Der kleine feine Verlag Langewiesche-Brandt war uns bekannt und vertraut. Wir erfuhren, dass die eine Haushälfte neu vermietet werden sollte, das war unsere Chance!
1906 hatte Wilhelm Langewiesche den Verlag gegründet, den sein Enkel Kristof 1954 übernahm. Dass ihn das Schicksal davor bewahrt hat, „Bücher zu machen, die man nicht machen mag“, preist er noch heute als persönliches Glück, Liebhaber der schönen Literatur, nicht nur ihr Manager. Viel Gewinn hat er damit nicht gemacht, die fünfköpfige Familie blieb immer bescheiden, aber Wachingers Vorlesebücher, Märchenbände und Gedichtanthologien erfreuen die Kenner bis heute. Seit 1955 aber gab es für den Verlag eine gute Lösung: Die „Edition L.-B.“ brachte Texte der Weltliteratur im Paralleldruck von Original und Übersetzung heraus, die bei dtv ihre Heimat fanden. Mit viel Gespür haben die Wachingers immer wieder Neulinge auf den Markt gebracht, sie verlegten als Erste Sarah Kirsch, Jochen Missfeldt und andere und brachten Verschollene wieder neu heraus: Paula Ludwig, Georg Britting, auch Werner Bergengruen.
Von Hand setzt Wachinger Texte, die er liebt, im Keller hat er eine kleine Werkstatt. „Setzen im Keller und Setzen im Garten“, sind seine Lieblingsbeschäftigungen.

Hier zogen wir 1993 ein, das schöne altmodische Haus mit Blick auf Karwendel und in den paradiesischen Garten lockte uns, und diese Atmosphäre wie die Nähe Münchens erschien uns als großes Glück. Noch einmal durften wir aus dem reichen kulturellen Angebot der geliebten Stadt aussuchen, was uns gefiel, Kunst und Literatur standen auf der großen Speisekarte, dazu waren Freunde und Verwandte um uns – wir wurden aufgenommen.
Knapp fünf Jahre blieben uns für eine gute Zweisamkeit, wohl als Krönung unseres gemeinsamen Lebens. Kinder und Enkel kamen zu Besuch, wir hatten genügend Platz, um sie zu logieren.
1997 meldete sich aber bei Berthold eine schwere unheilbare Erkrankung, die er tapfer auf sich nahm, als er erfuhr, dass er nur noch eine kurze Frist zu leben hatte. Am 7. Januar 1998 ist er in Ebenhausen verstorben und wurde in der pfälzischen Wahlheimat beigesetzt.

SO UND NICHT ANDERS

2003 bin ich in die Pfalz und zur Familie zurückgekehrt, lebe in einer schönen Stadtwohnung, betreue weiter das Archiv und versuche meine alten Tage anzunehmen. Die Bücher bleiben, Kinder und Enkel erfreuen mein Herz und alte Freunde verwöhnen mich.
„So und nicht anders“, hatte der alte Fontane geschrieben, und dazu: „Sicherheit is nich.“

Immer wieder ist das Kaleidoskop meines Lebens durchgeschüttelt worden, von Zeitereignissen und ihren Anforderungen und auch von mir selber.
Die bunten Glassteine sind immer dieselben geblieben, haben aber ihre Lage verändert und neue Muster gebildet.
Dass ich vielen Menschen vermitteln konnte, was mich in den Worten und Texten unserer Sprache bewegt und erfreut hat, erfüllt mich mit Dankbarkeit, und ich schaue zurück auf unser wunderbares verrücktes Leben, in dem ich so gerne zuhause war.

Zum Wohl!

Personen

Langgässer, Elisabeth
Laurien, Hanna Renate
Leander, Zarah
Leip, Hans
Lembert, Ernst
Lempp, Albert
Löns, Hermann
Ludendorff, Mathilde
Ludwig, Paula
Mendelssohn, Moses
Mendelssohn-Bartholdy-Hensel, Fanny
Missfeldt, Jochen
Molden, Fritz
Molden, Otto
Müller-Schätti, Christian
Müller-Adrian, Max
Mussolini, Benvenuto
Muth, Carl
Neumann, Otto
Pée, Herbert
v. Préradovic, Paula
Raeber, Kuno
v. Radecki, Sigismund
Rahms, Helene
Rilke, R.M.
Ritter, Gerhard
Rodenstock, Josef R.
Rommel, Erwin
Rossé, Joseph
v. Sachsen, Georg, Prinz
Schaefer, Oda
Schäufele, Hermann, Erzbischof
v. Schenkendorf, Max
Schepping, J.
Schemm, Hans
Schifferli, Peter
v. Schirach, Baldur
v. Schiller, Friedrich
Schneider, Reinhold
Scholl, Hans
Scholl, Sophie
Scholz-Klink, Isolde
Schuchhardt, Walter
Staiger, Emil
Stalin, Jossif
Seling, Helmut
Stomps, V.O.
de St. Exupéry, Antoine
Strich, Fritz
Stuker, Jürg
Taut, Bruno
Tönnies, Ferdinand
Vesper, Will
Wachinger, Helga
Wachinger, Kristof
Waldmann, Dieter
Weiß, Ferdl (Weißheitinger Ferdinand)
Wessel, Horst
Zorn-v. Hammerstein, Hildur